WHEELS
&
RUEDAS

English/Spanish Dual-Language
Short Stories & Novelettes

John Charles Miller
&
Landy Orozco-Uribe

This book is an original publication of John Charles Miller

ISBN-13: 9798375944975

Self-published by John Charles Miller

Cover by Rocking Book Covers rockingbookcovers.com

ACKNOWLEDGMENTS

Landy Orozco-Uribe – My co-author for turning my almost-there-Spanish translation of the stories and novelettes into proper Spanish.

Amarilys (Marggie) Rassler for translation of an early version of the short story, *Ruedas*, into Spanish. This encouraged me to work on this present collection.

Adrijus Guscia – Rocking Book Covers (rockingbookcovers.com) has once again exceeded my expectations for providing me with a wonderful cover, as usual fantastic

The Time Detective Gallery (eBay) for allowing me to purchase a copy of the historic photo to use for the cover, "Harvesting Sugar Cane in Cuba – 1940"

Grammarly – This fantastic software detects spelling, punctuation, and other common errors in texts. Even though I use the free version, it has helped me to write a better story. If I were to be writing more, as a full-time author, I would spend the money on the premium version

Books by
JOHN CHARLES MILLER

Citrus White Gold – Alternate History Novel of Citrus County, Florida. 2011 (Florida Time-Travel Series --- Book One)

You Can't Pick Up Raindrops – a collection of short stories. 2012.

Dead Not Dead – A parallel universe romance novella. 2013

He Hears The Rocks –A collection of short stories and poems. 2015

The Gatherers – **A Sequel to Citrus White Gold.** 2017 (Florida Time-Travel Series --- Book Two)

Deep Florida – **A Sequel to Citrus White Gold and The Gatherers.** 2019 (Florida Time-Travel Series --- Book Three)

Juice – Humorous story of zombies wanting to be "regular people" novella. 2020

The Tale of the Black Umbrella – A romantic novelette. 2020

The Listener – A Florida Murder/Mystery novel. 2020 (Missus Gurley and Milo Series)

The Nose Knows – A Florida Murder/Mystery novel. 2021 (Missus Gurley and Milo Series)

Legging It – A Florida Murder/Mystery novel. 2021 (Missus Gurley and Milo Series)

Bloody Crocs –A Florida Murder/Mystery novel. 2022 (Missus Gurley and Milo Series)

Wheels & Ruedas – s dual-language (English/Spansih) collection of short stories and novelettes. 2023

All are available in paperback and eBook for Kindle from **Amazon.com**

Or from the author floridamiller@verizon.net

INTRODUCTION

WHEELS & RUEDAS is a dual-language collection of John Charles Miller's short stories and novelettes. He has long desired these be available to both English and Spanish-speaking readers. Working with Landy Orozco-Uribe, he has accomplished this dream.

Stories range from light romance to science fiction, social commentary, humor, and science, with locations in the Dominican Republic, France, Mexico, the United States, and even the red planet, Mars!

Enjoyable to readers will be the emotions and struggles of a black French umbrella as he naively faces life with humans. You will also find out from a semi-fish how we humans got our legs.

A man, often dead and often alive, lost between two universes finds a romantic rebirth. A grandmother educates her granddaughter about the devious nature of men. Travel with schoolchildren on a field trip on Mars.

Be surprised that future humans will be much shorter than now, very much shorter. Cruelty and prejudice will be overcome or, at least be understood. In addition, for laughs take a chance to buy a lucky car and all that goes with it.

Traditionally, dual-language books are published with the original language shown on the left-hand side of the open book, and with the second language shown on the right. However, a template for such was not available to the authors, such that the English version is shown first in this book, complete, followed by the complete Spanish version.

Enjoy!

LA CHISPA

LA CHISPA

Keeping both bodies alive proved to be damnably hard work. It was more difficult maintaining the living body than the dead one. What choice did I have? Keep working on both. If one died, then the other might also.

My name is Jack O'Neill. Susanna and I retired in the small mountain-cradled town of Guanajuato in north-central Mexico. Our savings and Social Security checks were not enough for retirement in Arizona or Florida, so we ended up here.

We liked the tranquil life of this small colonial town, with its winding, narrow streets, friendly people, and interesting history. We found it on the way to San Miguel de Allende from Guadalajara, "exploring." Guanajuato grabbed and held us.

Life was good until taking the winding and narrow older uphill road from Silao to Guanajuato, instead of the boring, straight toll road. We liked the quick turns opening up new vistas at each sharp bend. However, the curves hid abrupt danger, a large fast-moving dump truck loaded with sand.

It was all over in a million-year second repeated hundreds of times. Each day, all day, I felt the pain without her, intense. The only relief was the slow-to-come deep, dark depths of sleep.

The Spanish-style stucco cottage at the edge of town was so empty. I banged and bumped around, too much space for one person with no accompanying love. Each souvenir on a table or a shelf, or hung on a wall, taunted me with memories. Breezes through the windows moving the gauzy flowered curtains cause me to glance toward them. Was she there?

Maria del Carmen Santiago de la Cruz, our Mexican maid, tried to comfort me, as did her elderly husband, Pablo, who walked her home each evening. She had been a large part of our life. Fussing about the house, by cooking a delicious hominy *pozole* or my favorite spicy chicken dish, *pollo con mole poblano*, she tried to cheer me. However, day-by-day I shriveled, my eyes profoundly sad; "*Muy triste,*" said Maria to her friends.

Finally, she confronted me. "*Señor Jack, Ud. tiene que encontrar la chispa.*"

"*La chispa*, what is that?"

"Señor Jack, you understand it, no?" in her little English. "How you say? Espark?"

"Espark? Oh, you mean I have to find the spark."

"*Sí*, find the espark."

However, I did not have any spark; my life had left. Nothing to keep me going, my soul is a desiccated leaf, slowly crumbling, blowing away.

The days lengthened. I wandered into the small walled patio with its pool, flowers and slender trees. Sitting on the bench where Susanna and I passed time with a glass of wine and watched her butterflies, I stared at the bits of meaningless colors fluttering about tasting this and that.

Evening came; still I sat there, the mountain air chilling.

Maria stuck her head out the kitchen door.

"*Adiosito*, Señor Jack. *Hasta Mañana. No olvide la chispa!*"

"Spark, humph!"

Late twilight purple set in, much colder. I went for my poncho and floppy hat. The night sky was clear and the patio softly lit by the Moon as it passed over Guanajuato in its tightly closed high valley. Nodding off, I awakened with a shudder. Frozen, I thought of one thing. Susanna!

The Moon passed behind the mountains. Stars brightened and blinked at me until morn began slowly casting its renewing light into the valley. Soon, it seemed, the Sun was full in my face, warming me. So tired. A grayish mist filled my mind, as I thought about what had been and what could have been.

***

Suddenly, I was at a street corner; yet, I was not there. I sensed things. I saw and heard. However, I had no body! I moved about as by a light breeze.

I did not know this place. I continued floating, watching.

Sirens screamed and people ran about. In the center of the intersection, three wrecked cars smoldered, liquids running onto the street. On the pavement lay a man, medics bent over. Their faces and efforts showed concern, frenetic activity.

They were speaking English, not Spanish. This was not Guanajuato. Where was I?

"Quick, into the ambulance! We can keep him going there."

Drawing closer, I watched them put the injured man into the ambulance. Something sucked me through the rear doors, as they shut.

The ambulance careened down streets, siren warbling a mournful call. I watched from near the white ribbed ceiling.

"He's not going to make it. Hit him with it!"

The man did not respond. They repeated the procedure. I moved closer, his face drawing near. I looked into his motionless eyes. Suddenly, I was looking up at the medics.

"He's responding. Look closely. Yes, his eyes are moving! There seems to be a spark of life."

***

I had no idea what happened after that. People who said they were friends picked me up at the hospital. Things I said puzzled them.

"Bob, relax. The doctors say that the shock jolted your memory a bit. It is amazing that you only hit your head on the steering wheel, nothing worse. You should recover with rest."

Bob? Who is Bob?

My supposed friends, Barb and Tony, took me to a small third-floor apartment, helping me into pajamas. "Bob, rest, Ok? We'll take turns until you recover."

Rest? How could I rest? What happened? Where was Guanajuato? Where was the patio? Where am I? Where was my body? Who is Bob?

I heard them in the living room, talking quietly and concernedly. Pulling myself to a sitting position, I swung my feet to the floor. Standing, dizziness came. Shutting my eyes, I wobbled back and forth, but did not fall.

Nausea hit; stumbling to the bathroom sink, I vomited a clear yellow-green liquid. Chilled and weak, I looked into the mirror. I saw the face of the dead man. Yet, he was not dead. I was he, but he was not me. I was Bob, but I wasn't Jack, but I was.

What happened? Where was my Jack body?

***

I recovered, physically. My new friends continued worrying about my strange statements. So did I.

Poking around in Bob's stuff in the apartment, looking in his wallet, I found out my body's name was Robert Olson and that I was a middle-aged bachelor living in Tucson, Arizona. This did little to clarify my situation.

Despite unanswered questions, I recovered enough to get out and walk. Often, I stopped in a quiet secluded area of a nearby park with my newspaper and a cup of cappuccino from a small coffee stand. It was nice, but seeing the park benches brought my mind back to the patio in Guanajuato.

What has happened to my body, the Jack body?

Three weeks after my hospital release, I sat in the park, idly thumbing through the newspaper, trashing all of the classifieds and other sections of no interest to me.

Society section, what a waste! However, a group picture of women caught my attention. Standing in the middle of a group of women was Susanna! I did not know anyone else in the picture.

The words underneath read, "The Women's Club of Tucson present flowers to Susanna O'Neill in memory of her husband, Jack O'Neill." I was stunned. *Susanna is dead! Not me!*

With the newspaper blowing across the grass, I stood up quickly and fell to the ground.

***

Later, in my bedroom, I looked up into the anxious faces of Barb and Tony. They had found me when I did not come back from my walk. I said nothing.

7

Who was this Susanna O'Neill? Who was this Jack O'Neill? I was Jack O'Neill, but I was Bob Olson also.

Unanswered questions. Too many Jacks and Susannas and this guy, Bob. What was going on?

A possibility came to me. Could it be a parallel universe, a place, and a time when similar things and situations could occur? A friend of mine in Guanajuato, a hydrogeologist evaluating water supplies for the GM de Mexico plant, was a science fiction buff and liked to speculate about such possibilities. No, that was a lot of hokey!

I had to find the Susanna in the newspaper. She seemed to be the only way out.

It took me some time in the library looking at newspapers from the last two months to find Jack O'Neill's obituary. There was his picture, me looking out at me, smiling my toothy grin. Spooky, could hardly take my eyes off him; I was dead. However, it told me where I might find Susanna O'Neill.

She was a retired nurse and worked at the Sonora Desert Museum as a volunteer, offering butterfly education programs. I developed a plan; I would become a volunteer. I knew a bit about butterflies, not as much as my wife, but enough to fake it. At least it allowed me to talk to this Susanna.

***

"Yes, we can use another volunteer. Butterflies? Our volunteer in that area, Ms. O'Neill, could use some help. We worry about her. Her husband died two months ago; she seems lost. It would be good for her to work with someone else," said the education coordinator.

"Can you start, tomorrow, Wednesday? That's when Ms. O'Neill will be in. She works here Monday, Wednesday and Friday. She can show you around."

"That's fine with me; I'll be here when you open."

"Good. Welcome to our group, Mr. Olson."

***

It was cool when I arrived, but soon to warm up and be quite hot in the Arizona sun. As I waited at the entrance, Susanna O'Neill parked her car and wandered up the long, cactus-lined gravel path. She was lost, never looking about, not noticing me as she passed. I felt her pain; I knew what she was going through. I wandered in behind her and waited.

"Susanna, you have a helper. This is Bob Olson. He knows butterflies and volunteered yesterday."

"I'm just a rank amateur. I know a few species, but I'm willing to learn more."

"Glad to meet you, Bob. I do need the help."

The same voice, the same smile. However, it was limp and tired, barely turning up the corners of her mouth.

Susanna showed me around and explained the work. I nodded my head and asked a few questions about butterfly host plants and nectar plants in the garden, trying to sound knowledgeable.

The sun grew hotter. We sat in the shade and ate box lunches. Not much was said, just bland conversation. I felt uncomfortable. She seemed elsewhere. Yet, sometimes, when I relaxed and talked openly, I would catch her looking at me. I commented about Red Admirals, *Vanessa atalanta*, being my favorite butterflies, so friendly they land on top of an outstretched hand, and stood up with my arms raised high.

She began to cry.

"What, what's wrong? Are you Ok?"

"No, I'm fine," wiping her tears with a dainty handkerchief. It was the way you said what you said, the way you stood there with your arms waving. It reminded me of my husband. He loved them also and got such a kick out of them landing on his hands held up high or on top of his bald head."

"Does he volunteer here also?"

"No, he was killed on a mountain road in central Arizona. He loved prospecting. He never found much, but he exaggerated his findings like a fisherman. He was a funny guy."

"Sorry to hear that. I didn't mean to intrude."

"That's Ok. It was the way you talked and got excited about Red Admirals. He didn't know much, but he tried to learn, to please me."

To myself, I thought; so, he was a real bozo about butterflies. Just like the other Jack, way back wherever that was. This reminded me, I needed to find out about him, but how?

As the days went by, we continued our work, becoming good friends. I enjoyed being with her; my spirit was renewed. It was the *chispa* working its magic.

***

While eating our lunches one day, it was with considerable trepidation that I worked up the nerve to ask her to have dinner with me. She thrilled my heart when she said that would be nice.

I found a small Mexican restaurant, a quiet non-tourist place. After some glasses of sangria, we sat looking at the menu. "I see they have *pozole* and *pollo con mole poblano*, two of my favorites," I said.

Startled, she looked at me and began to cry. I knew what had happened. Her Jack was very little different. Parallel universes were real; these two were close.

"What did I do?"

"It's just that Jack would always order one of those two if he found them on a menu. I cannot believe this is happening. You are either so much alike or you already knew Jack and are playing some game with me!" She squinted, head tilted to one side, looking at me.

I must say something or possibly lose her. I kept saying things reminding her of her husband or showing similar actions as his. She would feel I was up to no good.

"Susanna, what do you know about parallel universes?"

"You didn't answer my question."

"I am trying to answer, and much hinges on your answer to mine."

"Yes, they are possible, but not probable."

"Well, it's hard to begin. Let me tell you my story."

I told her about my wife's death, and how it had devastated me. I did not tell her my wife's name or my real name. Her eyes widened in disbelief when I told her about entering Bob's body and bringing it back to life. I told her about seeing her picture in the newspaper, and how much she resembled my wife. I also explained my locating her and volunteering to work at the museum.

Yes, I was a dummy about butterflies, just like her husband, and *pozole* and *pollo con mole poblano* were my two favorite Mexican dishes.

She abruptly stood up, looking disgustedly at me, and began to leave. I took another chance; I had no choice. "Please Little Dove, don't leave me again!"

Her back stiffened and she spun about, saying in a loud voice, "That's enough, whoever you are!"

The few people in the restaurant turned to look at us, but quickly went back to their meals.

"I am not crazy and I am not stalking you. Give me five more minutes. If after that you want to leave, I'll understand. And, I will resign my volunteer position."

Slowly she sat down. Angry, she crossed her arms, glaring, lips tightly compressed.

"I'll tell you the story again, this time filling in some empty spots with names. First, I want to tell you some things that only you and your husband Jack would know. If you do not want to hear anything after that, I'll stop. Reasonable?"

"It all depends."

It depended on how close these two universes were to each other. However, nothing to lose.

"Do you remember how, on your honeymoon night, you dropped your wedding ring in the motel sink and Jack fished it out with a clothes hanger?"

"I've told that to lots of people."

"In your bedroom closet, there is a floor safe. The combination is: start at 84, turn three times to the right and stop at 27, turn left twice and stop at 16, turn right four times, and stop at 75. Then insert the key and open it."

She stared at me, and then smugly said, "So where is the key kept?"

"In the refrigerator, under the vegetable bin that slides out."

She sat there with eyes and mouth open wide, hands held out stiffly in front of her, as if pushing me away. "That's right, but how? How do you know these things?"

"I'll soon explain the how. There is one more thing to tell you, to make you believe what I'm saying."

"I'm afraid to ask what it is."

Taking a deep breath, I said, "It's your deepest secret; only Jack knew. You liked to walk naked on your patio at night when the Moon was high. You didn't think that he knew until he took a flash picture of you dancing beneath the big trees. It scared the heck out of you, but all was well when he stripped and chased you about, caught you, and made love to you by the pool."

With a gasp, her hands moved to her mouth.

"So, you believe? Now here is the rest."

I told her about Susanna. Yes, I named her. I told her that my name was Jack O'Neill and that my *chispa* had entered the body of a dead man, Bob Olson. I told her about the intense loss of my Susanna, and how it separated me from my body and threw me into this universe.

She was very quiet. "Bob, you poor man! No, your name is Jack. Now I see you there. I am so sorry I was mad. What about your body, the other Jack's body? Oh, I'm so confused."

"I don't know what to do about that. My body is back there or over there, wherever. How to get it back?"

13

She stood up and sat down again. "Let's think this out," deep concentration furrowing her brow.

"Do you think you could go back to the intersection where the accident occurred? Maybe that would cause something to happen."

"It might, but I feel so happy being here with you. I'm afraid I would never see you again."

She blushed. Looking down, she said, "Is there any reason why you should go back?"

"Yes, there is. I have two daughters, Lee and Sarah. They often come from Nebraska to visit. Maria, our maid, probably contacted them. I wonder what they are doing. Is my body alive? Or did it die when I came here?"

"Well, that settles that," said Susanna. "Jack and I never had children, a very big difference in our universes. Yet, they are my other self's children, actually mine in a way. So, you must go see them, return to them."

There was little chance to argue, same old Susanna, no matter the where or the when. We began to plan.

***

Two days later, with Susanna driving, in the early morning almost five weeks after my departure from Guanajuato, we neared the street corner of my arrival. As we approached, I felt a soft mental tug that increased with the lessening distance. I mentioned this to Susanna.

"Susanna, what will happen to this body? Will you take care of it? I want to come back again!"

"Jack, do what you have to do. I'll take care of Bob's body. Maybe you'll come back, maybe you won't. The fact that you feel the pull makes me believe your body is alive. Resolve your situation there and see if you feel a pullback to this place. If you do, it means Bob's body is alive."

"Come back here in three days, just like today in the very early morning when there isn't much traffic. I'll try to return. Have Bob in the car with you."

"I will. When you leave, I'll take him to my house."

Parking the car in a space near the corner, she leaned over and kissed me lightly. "Come back, please! Twice lost would be too much."

I looked into her tearing eyes. She began to fade.

***

A girl screamed, "Sarah, his eyes opened and moved!" It was Lee.

Suddenly, four dark brown eyes were peering down at me. "Oh my God!" said Sarah.

Maria found me in the morning after I left. I was a little cement man, slumped on the bench. A doctor arrived and took my body to the hospital. There was no response to stimuli, even though my body functioned normally. The body remained soft and warm and breathed, with a slow heartbeat. They kept it alive with intravenous feeding and catheterization.

They moved my body back to the small house and placed it in my bed. In hopes of reviving me, they made plans to take the body to the United States. Three days before departure, I returned.

***

At first, I didn't tell my daughters. I waited until I rested for two days and enjoyed the old body a bit. Lee and Sarah helped me work out the stiffness. When I told them my story, they didn't believe me.

I asked them to sit on the bench with me in the twilight of the third day. Old Maria was also there, but very leery of me after I told her the story of my whereabouts. Fearful of the possible presence of the Devil, she kept crossing herself and saying in a very low voice, *"Virgen Santíssima, por favor salvanos del Diablo!"*

Slowly the purple sky descended. We had a late supper under the Moon and talked until the early morn. Then, I felt the familiar tug. It was time to go. If all went as planned, Susanna would be there with Bob's body.

Turning to Sarah and Lee, I embraced them and kissed them, saying "I'll be back in a week. Wait here with my body." They looked at me with incredulity, rolling their eyes.

The grayish mist slowly entered my mind once again.

***

I was sitting in the car, looking out of Bob's eyes at my sweet Susanna. Tears ran down her face. I embraced her, but was very weak, almost collapsing. We had not realized that Bob's body needed the same medical care as mine in Guanajuato.

"I was so afraid," she said. "I just knew you wouldn't be coming back!"

It was a joyful reunion. A week later, recovered, I returned with Susanna to the intersection. Then, I was gone.

Lee and Sarah were waiting there. They hugged me. Maria, crossing herself, kept saying in a low voice to her husband, *"Es la chispa! Es la chispa!"*

My daughters now believe everything I have told them. They are so excited they still have a mother, or kind of a mother, even though they will never see her. It was difficult for them when Susanna died.

Susanna is now Mrs. Robert Olson. It was too complicated to do otherwise. However, to the confusion of my friends Barb and Tony, she calls me Jack.

Resolving Bob's medical needs, Susanna drawing on her nursing experience, I move back and forth. We found that the early mornings had nothing to do with my movement; it was just a matter of coming and going from the same intersection and the patio in Guanajuato.

Sarah and Lee now live in Guanajuato, where they married fine upstanding Mexican businessmen. They, Eduardo and Rafael, thought their wives to be *muy locas* when they heard about my comings and goings. The three grandchildren think it's neat to have a spooky grandfather and an invisible grandmother somewhere else. They say that I am even better than the *momias*, the mummies, in the old Guanajuato catacombs.

Susanna wished she could see them all. The best I could do was to take sketching classes to show her what everybody looked like.

My concern was to end up with Susanna. As I got older, my daughters suggested I spend little time here in Guanajuato, just quick day visits or less. That will have to stop also; we are quite old now and Susanna cannot keep hauling the inert Bob body around when I am away. However, I wonder what will happen to Jack's body when I die.

*****

LA CHISPA

Mantener ambos cuerpos vivos resultó ser un trabajo terriblemente difícil. Era más difícil mantener el cuerpo vivo que el muerto ¿Qué opción tenía? Seguir trabajando en ambos. Si uno moría, entonces el otro también podría hacerlo.

Mi nombre es Jack O'Neill. Susanna y yo nos retiramos en el pequeño pueblo envuelto por montañas de Guanajuato en la parte centro-norte de México. Nuestros ahorros y cheques de seguridad social no eran suficientes para un retiro en Arizona o Florida, así que terminamos aquí.

Nos gustaba la vida tranquila de esta pequeña ciudad colonial, con sus serpenteantes y angostas calles, gente amistosa e interesante historia. Lo encontramos de camino a San Miguel de Allende desde Guadalajara, "explorando". Guanajuato nos agarró y nos mantuvo.

La vida era buena hasta que tomamos la sinuosa, angosta y vieja carretera de Silao a Guanajuato, en lugar de la aburrida y recta carretera de peaje. Nos gustaban las vueltas rápidas que abrían nuevas vistas en cada afilada curva. Sin embargo, las curvas ocultaban un abrupto peligro, un gran camión de volteo cargado con arena a toda velocidad.

Todo había terminado en un segundo repetido cientos de veces por millones de años. Cada día, todo el día, sentía el dolor sin ella, intenso. El único consuelo era la lenta profundidad, las oscuras profundidades del sueño.

La cabaña de estuco de estilo español en las afueras de la ciudad estaba tan vacía. Yo daba tumbos y golpeaba alrededor, demasiado espacio para una persona sin amor acompañante. Cada souvenir en una mesa o en una repisa, o colgando en una pared, me atormentaba con recuerdos. La brisa a través de las ventanas moviendo las diáfanas cortinas floreadas me provocaban mirar hacia ellas ¿Estaba ella ahí?

María del Carmen Santiago de la Cruz, nuestra mucama mexicana, trató de reconfortarme, así como su anciano esposo, Pablo, quien la acompañaba a casa todas las noches. Ella había sido una gran parte de nuestras vidas. Preocupándose por la casa, mientras cocinaba un delicioso pozole o mi platillo favorito de pollo picante, pollo con mole poblano, intentó animarme. Sin embargo, día a día me marchitaba, mis ojos estaban profundamente tristes.

−Muy triste −decía María a sus amigos.

Finalmente me confrontó:

−Señor Jack, usted tiene que encontrar la chispa.

−La chispa ¿Qué es eso?

−Señor Jack, lo entiende ¿No? −en su poco inglés−*How you say? Espark?*

−¿Espark? ¡Oh! Quieres decir *I have to find the spark*

−Si, *find the espark.*

Sin embargo, no tenía ninguna chispa, mi vida se había ido. Nada me mantenía en marcha, mi alma es una hoja seca, desmoronándose lentamente, dispersándose.

Los días se alargaron. Deambulaba hacia el pequeño patio amurallado con su piscina, flores y delgados árboles. Sentado en la banca donde Susanna y yo pasábamos el tiempo con una copa de vino y mirábamos sus mariposas, miré a los trozos de colores sin sentido que revoloteaban, probando esto y aquello.

Llegó la noche; seguía sentado ahí, el viento de la montaña enfriaba.

María asomó la cabeza por la puerta de la cocina.

–Adiosito, Señor Jack. Hasta mañana ¡No olvide la chispa!

–La chispa ¡Hum!

Un tardío crepúsculo púrpura se estableció, mucho más frío. Fui por mi poncho y sombrero flexible. El cielo nocturno estaba claro y el patio suavemente iluminado por la luna en su paso sobre Guanajuato en su estrechamente cerrado valle alto. Cabeceando, me desperté con un estremecimiento. Congelado, pensé en una sola cosa ¡Susanna!

La luna se ocultó tras las montañas. Las estrellas brillaron y parpadearon hasta que la mañana comenzó a vaciar su renovadora luz hacia el valle. Pronto, al parecer, el sol estaba de lleno en mi cara, calentándome. Tan cansado. Una neblina grisácea llenó mi mente, mientras pensaba en lo que había sido y en lo que habría podido ser.

***

De pronto, estaba en la esquina de una calle; pero, yo no estaba ahí. Sentía cosas. Veía y escuchaba. Sin embargo ¡No tenía cuerpo! Me movía alrededor como por una ligera brisa.

No conocía este lugar. Seguí flotando, mirando.

Las sirenas gritaron y la gente corría alrededor. En el centro de la intersección, tres autos destrozados ardían, líquidos corrían por la calle. En el pavimento yacía un hombre, los médicos se inclinaban. Sus caras y esfuerzos mostraban preocupación, actividad frenética.

Hablaban en inglés, no español. Esto no era Guanajuato ¿Dónde me encontraba?

−¡Rápido, a la ambulancia! Podemos mantenerlo ahí.

Acercándome, los observé metiendo al hombre herido en la ambulancia. Algo me succionó a través de las puertas traseras, mientras cerraban.

La ambulancia corrió por las calles, las sirenas trinaban un apenado llamado. Observé de cerca el blanco techo acanalado.

−¡No lo va a lograr! ¡Golpéalo con eso!

El hombre no respondió. Repitieron el procedimiento. Me acerqué, su cara se acercó. Miré en sus ojos inmóviles. De pronto, era yo quien miraba a los médicos.

−Está respondiendo. Mira de cerca ¡Si, sus ojos se mueven! Parece haber una chispa de vida.

**

No tenía idea de lo que pasó después. Personas que decían que eran amigos me recogieron en el hospital. Las cosas que dije les desconcertaron.

−Bob, relájate. Los doctores dicen que el golpe afectó un poco tu memoria. Es increíble que sólo golpearas tu cabeza con el volante, nada peor. Deberías recuperarte con descanso.

−¿Bob? ¿Quién es Bob?

Mis supuestos amigos, Barb y Tony, me llevaron a un pequeño apartamento en un tercer piso, ayudándome a ponerme el pijama.

—Bob, descansa ¿Está bien? Tomaremos turnos hasta que te recuperes.

—*¿Descansar? ¿Cómo podría descansar? ¿Qué había sucedido? ¿Dónde estaba Guanajuato? ¿Dónde estaba el patio? ¿Dónde estoy? ¿Dónde estaba mi cuerpo? ¿Quién es Bob?*

Los escuché en la sala de estar, hablando en voz baja y preocupada. Empujándome a una posición sentada, balanceé mis pies hacia el suelo. De pie, vino el mareo. Cerrando los ojos, me tambaleé de un lado a otro, pero no caí.

La náusea me golpeó; tropezando hacia el lavabo del baño, vomité un líquido claro de color amarillo verdoso. Frío y débil, me miré en el espejo. Vi la cara del hombre muerto. Pero, no estaba muerto. Yo era él, pero él no era yo. Yo era Bob, pero no era Jack, pero lo era.

—*¿Qué sucedió? ¿Dónde está mi cuerpo de Jack?*

***

Me recuperé, físicamente. Mis nuevos amigos continuaron preocupándose por mis extrañas afirmaciones. Y yo también.

Husmeando entre las cosas de Bob en el apartamento, mirando en su billetera, descubrí que el nombre de mi cuerpo era Robert Olson y que era un soltero de mediana edad que vivía en Tucson, Arizona. Esto poco hizo para aclarar mi situación.

A pesar de las preguntas sin respuesta, me recuperé lo suficiente como para salir y caminar. A menudo me detenía en un área tranquila y apartada de un parque cercano con mi periódico y una taza de capuchino de un pequeño puesto de café. Era agradable, pero mirar las bancas del parque llevaban mi mente de regreso al patio en Guanajuato.

—¿Qué había sucedido con mi cuerpo? ¿El cuerpo de Jack?

Tres semanas después de mi alta del hospital, me senté en el parque, hojeando ociosamente el periódico, botando todos los clasificados y otras secciones que no me interesaban.

La sección social ¡Qué desperdicio! Sin embargo, una fotografía grupal de mujeres llamó mi atención. ¡De pie en medio del grupo de mujeres estaba Susanna! No conocía a nadie más en la fotografía.

Las palabras al pie leían, *"El Club Femenino de Tucson presenta flores a Susanna O'Neill en memoria de su esposo, Jack O'Neill"*. Me quedé antónito.

—¡Susanna está muerta! ¡No yo!

Con el periódico volando por el pasto, me levanté rápidamente y caí al suelo.

***

Más tarde, en mi habitación, miré hacia las caras ansiosas de Barb y Tony. Me habían encontrado luego de no haber regresado de mi caminata. No dije nada.

—¿Quién era Susanna O'Neill? ¿Quién era este Jack O'Neill? Yo era Jack O'Neill, pero también era Bob Olson.

Preguntas sin respuesta. Demasiados Jacks y Susannas y este tipo, Bob. ¿Qué estaba sucediendo?

Se me ocurrió una posibilidad ¿Podría haber un universo paralelo, un lugar y un tiempo donde podrían ocurrir cosas y situaciones similares? Un amigo de Guanajuato, un hidrogeólogo que evaluaba suministros de agua para la planta de GM de México, era un aficionado a la ciencia ficción y gustaba de especular sobre tales posibilidades ¡No, eso eran un montón de tonterías!

Tenía que encontrar a la Susanna del periódico. Ella parecía ser la única salida.

Me tomó algo de tiempo en la biblioteca mirando periódicos de los últimos dos meses para encontrar el obituario de Jack O´Neill. Había una fotografía, yo mirándome, sonriendo con mi sonrisa dientuda. Espeluznante, apenas podía apartar mis ojos de él; yo estaba muerto. Sin embargo, me dijo dónde podría encontrar a Susanna O´Neill.

Ella era una enfermera retirada y trabajaba en el Museo del Desierto de Sonora como voluntaria, ofreciendo programas educativos sobre mariposas. Desarrollé un plan; me convertiría en voluntario. Sabía un poco sobre mariposas, no tanto como mi esposa, pero lo suficiente como para fingir. Al menos me daba la oportunidad de hablar con esta Susanna.

* * *

−Sí, podemos necesitar otro voluntario ¿Mariposas? Nuestra voluntaria en esa área, la señora O´Neill, podría necesitar algo de ayuda. Nos preocupamos por ella. Su esposo murió hace dos meses; parece perdida. Podría ser bueno para ella trabajar con otra persona −dijo el coordinador educativo.

–¿Puede comenzar, mañana, miércoles? Es cuando la señora O´Neill estará. Ella trabaja aquí los lunes, miércoles y viernes. Ella puede mostrarle los alrededores.

–Está bien por mí; aquí estaré cuando abran.

–Bien. Bienvenido a nuestro grupo, señor Olson.

***

Estaba fresco cuando llegué, muy pronto entraría en calor y sería bastante caliente bajo el sol de Arizona. Mientras esperaba en la entrada, Susanna O´Neill estacionó su auto y deambuló por el largo sendero de grava bordeado por cactus. Estaba perdida, nunca miraba a su alrededor, sin notarme cuando pasó a mi lado. Sentí su dolor; sabía por lo que estaba pasando. Caminé detrás suyo y esperé.

–Susanna, tienes un ayudante. Este es Bob Olson. Conoce de mariposas y se ofreció como voluntario ayer.

–En realidad, soy sólo un aficionado. Conozco algunas especies, pero estoy dispuesto a aprender más.

–Encantada de conocerte, Bob. Realmente necesito la ayuda.

La misma voz, la misma sonrisa. Sin embargo, era débil y cansada, apenas levantaba las comisuras de su boca.

Susanna me mostró los alrededores y me explicó el trabajo. Yo asentía con la cabeza y hacía algunas preguntas acerca de las plantas hospederas y nectaríferas de las mariposas en el jardín, tratando de sonar conocedor.

El sol se puso más caliente. Nos sentamos en la sombra y comimos nuestros almuerzos. No se dijo mucho, sólo una insulsa conversación. Me sentí incómodo. Ella parecía estar en otro lado. Pero, en ocasiones, cuando me relajaba y hablaba abiertamente, la sorprendía mirándome. Comenté que las "almirantes rojas", *Vanessa atalanta*, eran mis mariposas favoritas, que tan amistosamente aterrizaban sobre una mano extendida, y me puse de pie con mis brazos levantados en alto.

Ella comenzó a llorar.

–¿Qué, qué sucede? ¿Estás bien?

–No, estoy bien –secándose las lágrimas con un delicado pañuelo–. Fue la manera en la que dijiste lo que dijiste, la manera en la que te pusiste de pie agitando tus brazos. Me recordó a mi esposo. Él también las amaba y se divertía dejándolas aterrizar en sus manos o sobre su cabeza calva.

–¿Él también es voluntario aquí?

–No, él murió en una carretera de montaña en Arizona central. Amaba la exploración minera. Nunca encontró mucho, pero exageraba sus hallazgos como un pescador. Era un tipo gracioso.

–Lamento escuchar eso. No era mi intención entrometerme.

–Está bien. Fue la forma en la que hablaste y te emocionaste sobre las "almirantes rojas". Él realmente sabía poco, pero intentó aprender, para complacerme.

Pensé para mí mismo –*Así que él era un verdadero tarado sobre mariposas*. Tal como el otro Jack, donde sea que estuviera. Lo que me recordó que necesitaba saber sobre él, pero ¿Cómo?

A medida que pasaban los días, continuamos con nuestro trabajo, convirtiéndonos en buenos amigos. Disfrutaba estar con ella; mi espíritu estaba renovado. Era *la chispa* haciendo su magia.

***

Mientras comíamos nuestros almuerzos un día, fue con considerable inquietud que me atreví a pedirle que cenara conmigo. Mi corazón se emocionó cuando dijo que sería lindo.

Encontré un pequeño restaurante mexicano, un tranquilo lugar sin turistas. Después de algunos vasos de sangría, nos sentamos a mirar el menú.

–Veo que tienen pozole y pollo con mole poblano, dos de mis favoritos –dije.

Sorprendida, me miró y comenzó a llorar. Sabía lo que había sucedido. Su Jack era muy poco diferente. Los universos paralelos eran reales; estos dos eran cercanos.

–¿Qué hice?

–Es sólo que Jack siempre ordenaba uno de esos dos si los encontraba en un menú. No puedo creer que esto esté pasando ¡O eres muy parecido o tu ya conocías a Jack y estás jugando conmigo!–Entrecerró sus ojos e inclinó la cabeza hacia un lado, mirándome.

Debía decir algo o posiblemente perderla. Seguí diciendo cosas que le recordaban a su esposo, o había mostrado actos similares. Ella sentiría que yo no estaba haciendo nada bueno.

–Susanna ¿Qué sabes sobre universos paralelos?

–No respondiste mi pregunta.

–Estoy tratando de responder, y mucho depende de tu respuesta a la mía.

−Sí, son posibles, pero no probables.

−Bueno, es difícil comenzar. Permíteme contarte mi historia.

Le conté sobre la muerte de mi esposa, cómo me había devastado. No le dije el nombre de mi esposa o mi nombre real. Sus ojos se abrieron ampliamente en descrédito cuando le conté sobre mi entrada en el cuerpo de Bob y regresándolo a la vida. Le dije sobre ver su fotografía en el periódico, y cuánto me había recordado a mi esposa. También expliqué cómo la había localizado y voluntariado para trabajar en el museo. Sí, era un tonto sobre mariposas, igual que su esposo, y el pozole y el pollo con mole poblano eran mis dos platillos mexicanos favoritos.

Ella se levantó abruptamente, mirándome con disgusto y comenzó a irse. Aproveché otra oportunidad; no tenía opción.

−Por favor, Pequeña Paloma ¡No me dejes de nuevo!

Su espalda se puso rígida y giró sobre sí misma, diciendo en voz alta,

−¡Es suficiente, quienquiera que realmente seas!

Las pocas personas en el restaurante nos miraron, pero pronto regresaron a sus alimentos.

−No estoy loco y no estoy acosándote. Dame cinco minutos más. Si después de eso quieres irte, lo comprenderé. Y renunciaré a mi voluntariado.

Se sentó lentamente. Molesta, cruzó sus brazos, mirando con furia, los labios fuertemente comprimidos.

—Te contaré la historia nuevamente, esta vez llenando algunos espacios vacíos con nombres. Primero, quiero decirte algunas cosas que solo tú y tu esposo Jack deberían saber. Si no quieres escuchar nada más después, me detendré ¿Es razonable?

—Depende

Dependía de cuán cerca estaban estos dos universos uno del otro. Sin embargo, no había nada que perder.

—¿Recuerdas cómo, en su noche de luna de miel, tiraste tu anillo de bodas en el lavabo del hotel y Jack tuvo que pescarlo con un colgador de ropa doblado?

—Le he contado eso a mucha gente.

—En el armario de tu habitación hay una caja fuerte. La combinación es: comenzar en 84, girar tres veces a la derecha y detenerse en 27, girar a la izquierda dos veces y detenerse en 16, girar a la derecha cuatro veces y detenerse en 75. Entonces insertas la llave y abres.

Me miró fijamente y de forma engreída dijo:

—¿Y dónde guardo la llave?

—En el refrigerador, bajo el cajón de vegetales que se desliza hacia afuera.

Estaba sentada con los ojos y la boca abiertos ampliamente, con las manos extendidas rígidamente al frente, como si me empujara lejos.

—Es cierto, pero ¿Cómo? ¿Cómo sabes estas cosas?

—Muy pronto te explicaré el cómo. Hay una cosa más que debo decirte, para lograr que creas lo que estoy diciendo.

—Temo preguntar lo que es.

Tomando un respiro profundo, dije:

—Es tu más profundo secreto; sólo Jack lo sabía. Te gustaba caminar desnuda en tu patio en la noche cuando la luna estaba en alto. No creías que él lo sabía, hasta que tomó una fotografía tuya danzando bajo los grandes árboles. Te molestó mucho, pero todo estuvo bien una vez que él también se desnudó y te persiguió, atrapándote y haciéndote el amor junto a la piscina.

Quedándose sin aliento, sus manos se movieron hacia su boca.

—¿Lo crees? Ahora viene el resto.

Le conté sobre Susanna. Sí, la nombré. Le dije que mi nombre era Jack O´Neilll, y que *mi chispa* había entrado al cuerpo de un hombre muerto, Bob Olson. Le dije sobre la intensa pérdida de mi Susanna, cómo me había separado de mi cuerpo y me había arrojado a este universo.

Ella estaba muy callada.

—¡Bob, pobre hombre! No, tu nombre es Jack. Ahora te veo ahí dentro. Lo siento mucho, estaba enojada ¿Qué pasó con tu cuerpo, el otro cuerpo de Jack? ¡Oh! Estoy tan confundida.

—No sé qué hacer respecto a eso. Mi cuerpo está allá, donde sea ¿Cómo recuperarlo?

Ella se levantó y volvió a sentarse.

—Pensemos

Una profunda concentración frunció su ceño.

—¿Crees que deberías volver a la intersección donde ocurrió el accidente? Tal vez eso provocaría que algo suceda.

–Podría ser, pero me siento tan feliz de estar aquí contigo. Tengo miedo de no volver a verte.

Se sonrojó. Mirando hacia abajo dijo:

–¿Hay alguna razón por la que debas volver?

–Sí, la hay. Tengo dos hijas, Lee y Sarah. A menudo vienen de Nebraska a visitar. María, nuestra mucama, probablemente las contactó. Me pregunto que están haciendo ¿Está vivo mi cuerpo? ¿O murió cuando vine aquí?

–Bueno, eso lo resuelve –dijo Susanna– Jack y yo nunca tuvimos hijos, una gran diferencia entre nuestros universos. Pero, son las hijas de mi otra yo, de hecho, mías de alguna forma. Así que debes ir a verlas, regresar a ellas.

Había poca oportunidad de discutir, la misma vieja Susanna, no importaba dónde o cuándo. Comenzamos a planear.

***

Dos días después, Susana iba manejando, temprano en la mañana casi cinco semanas después de mi partida de Guanajuato, nos acercamos a la esquina de la calle de mi llegada. Conforme nos acercábamos, sentí un suave tirón mental que se incrementó con el acortamiento en distancia. Mencioné esto a Susanna.

–Susanna ¿Qué pasará con este cuerpo? ¿Cuidarás de él? ¡Quiero regresar!

–Jack, haz lo que tengas que hacer. Cuidaré del cuerpo de Bob. Tal vez vuelvas, tal vez no. El hecho de que sientas ese tirón me hace creer que tu cuerpo está vivo. Resuelve tu situación allá y ve si sientes un tirón de regreso a este lugar. Si lo sientes, significa que el cuerpo de Bob está vivo.

–Regresa aquí en tres días, tal y como hoy, muy temprano por la mañana cuando no hay mucho tráfico. Intentaré volver. Ten a Bob contigo en el carro.

–Lo haré. Cuando te marches, lo llevaré a mi casa.

Estacionando el auto en un espacio vacío cerca de la esquina, se inclinó hacia mí y me besó suavemente.

–¡Regresa por favor! Dos pérdidas serían demasiado.

Miré a sus ojos llorosos. Comenzó a desvanecerse.

***

Una chica gritó.

–¡Sarah, sus ojos se abrieron y movieron!

Era Lee.

De pronto, cuatro ojos marrones oscuros me miraban detenidamente.

–¡Oh, Dios mío! –dijo Sarah.

María me encontró por la mañana después de que me fui. Era un pequeño hombre de cemento, desplomado en la banca. Un médico llegó y llevó mi cuerpo al hospital. No había respuesta a los estímulos, a pesar de que mi cuerpo funcionaba normalmente. El cuerpo se mantuvo suave y cálido, y respiraba, con un lento latido de corazón. Lo mantuvieron vivo con alimentación intravenosa y cateterización.

Llevaron mi cuerpo de regreso a la pequeña casa y lo colocaron en mi cama. Con esperanzas de revivirme, hicieron planes para llevar mi cuerpo a los Estados Unidos. Tres días antes de la partida, había regresado.

***

Al principio, no se lo dije a mis hijas. Esperé hasta descansar dos días y disfrutar un poco del viejo cuerpo. Lee y Sarah me ayudaron a ejercitar la rigidez. Cuando les conté mi historia, no me creyeron.

Les pedí que se sentaran en la banca conmigo al ocaso del tercer día. La vieja María estaba también ahí, pero muy desconfiada después de haberle contado la historia de mi paradero. Temerosa de la posible presencia del Demonio, se persignaba diciendo en una voz muy baja:

−¡Virgen Santísima, por favor sálvanos del Diablo!

Lentamente el cielo púrpura descendió. Tuvimos una última cena bajo la luna y hablamos hasta la madrugada. Entonces, sentí el tirón familiar. Era tiempo de partir. Si todo salía según lo planeado, Susanna estaría allí con el cuerpo de Bob.

Volviéndome hacia Sarah y Lee, las abracé y besé, diciendo:

−Estaré de regreso en una semana. Esperen aquí con mi cuerpo.

Me miraron con incredulidad, poniendo los ojos en blanco.

La grisácea neblina entró lentamente en mi mente una vez más.

***

Estaba sentado en el auto, mirando con los ojos de Bob a mi dulce Susanna. Las lágrimas corrieron por su rostro. La abracé, pero estaba muy débil, casi colapsando. No nos habíamos percatado que el cuerpo de Bob necesitaba el mismo cuidado médico que el mío en Guanajuato.

—Estaba tan asustada —dijo ella— ¡Sólo sabía que tal vez no regresarías!

Fue una alegre reunión. Una semana después, recuperado, regresé con Susanna a la intersección. Entonces, me fui.

Lee y Sarah estaban allí esperando. Me abrazaron. María, persignándose, decía en una voz baja a su esposo:

—¡Es la chispa! ¡Es la chispa!

Mis hijas ahora creían todo lo que les había dicho. De hecho, estaban tan emocionadas de aún tener una madre, o una especie de madre, a pesar de que nunca podrían verla. Fue difícil para ellas cuando Susanna murió.

Susanna es ahora la señora Robert Olson. Era demasiado complicado de otra forma. Sin embargo, para confusión de mis amigos Barb y Tony, ella me llama Jack.

Resolviendo las necesidades medidas de Bob, Susanna aprovechando su experiencia en enfermería, me muevo de ida y vuelta. Descubrimos que las madrugadas no tenían nada que ver con mi movimiento, era sólo una cuestión de ir y venir desde la misma intersección y el patio en Guanajuato.

Sarah y Lee ahora viven en Guanajuato, donde se casaron con honrados hombres de negocios mexicanos. Ellos, Eduardo y Rafael, creían que sus esposas estaban "*muy locas*" cuando escucharon acerca de mis idas y venidas. Los tres nietos creen que es genial tener un abuelo espeluznante y una abuela invisible en otro lugar. Dicen que soy aún mejor que las momias de las viejas catacumbas de Guanajuato.

Susanna deseaba poder verlos a todos. Lo mejor que pude hacer fue tomar clases de dibujo para mostrarle cómo lucían todos.

Mi preocupación era terminar con Susanna. Conforme envejecía, mis hijas sugirieron que pasara poco tiempo en Guanajuato, sólo rápidas visitas de un día o menos. Eso tendrá que parar también, ahora somos bastante viejos y Susanna no puede seguir arrastrando el cuerpo inerte de Bob cuando estoy fuera. Sin embargo, me pregunto ¿Qué pasará con el cuerpo de Jack cuando muera?

*****

THE CARPENTER

EL CARPINTERO

THE CARPENTER

I'm back again, like Arnold Schwarzenegger in *The Terminator*. Saw the movie as a kid. Now, I'm older, even older than last time.

My name is Jesús Carpintero López, born in the steel town of Bethlehem, Pennsylvania in August 1987. I'm thirty-three years old. My mom, María, cleans houses and watches neighbors' children. My dad, José, is a carpenter in Nazareth, where we live. I work with him. That isn't my main focus. My destiny lies 40 miles southwest, in the hill village of New Jerusalem.

Yes, these are real towns in Pennsylvania. Even I am amazed by the coincidence.

I'm going to die; you are going to kill me. I have died before, many times. My most famous death is in the *New Testament*, but it happens over and over. You don't notice; you are so busy hating.

Does dying bother me? It's something I have to go through; so many of you are slow to learn being different or having different beliefs are not bad things.

Here's how it all went down in Pennsylvania in the year 2020.

***

Dad is an independent contractor, completing projects requiring a skilled touch, particularly cabinetry. We work out of our house, from early morning to late in the day, traveling about in a small van he bought after arriving from Mexico. We followed him from Guadalajara.

It made me happy when, after a long workday, a man showed up and painted a new sign on the white van.

I still see those bright red letters: *José & Son –*
Carpenters. Mom, very emotional, hugged him for that. I
was their only child.

I'm a good carpenter myself; at least I like to
think so. Dad is patient. I laugh when I think of myself
with my small kid's toolbox, following him around the
house as he made modifications or repairs. He would
always praise me for my little projects, and my mother
would kiss my swollen thumbs.

Word of my father's quality work and good price
spread beyond our town of Nazareth. In the construction
trade, that's the way it is. Good work; people remember.
Bad work; they never call again.

***

Sunday afternoon, a contractor in New Jerusalem
called, asking if we could come to finish installing
cabinets and closets. His carpenters were on another
project; new owners of the house wanted it completed to
move in.

"If you could come in the morning, I would be
appreciative, José."

"We'll be down early. I'm bringing my son along.
Do you have the materials we'll need?"

"Yes, brought in by my men. All you'll need are
tools. The house has power. After you finish, touch-up
painters will come."

"Fine, see you mid-morning."

"Good, until then. Oh, mark up your rate ten
percent, this is a rush job; I should pay."

***

After supper, we checked the van for tools. Then we went into the house for strong coffee and guava pastries mom had made.

"José, I'm so proud of you and Jesús. You are such hard workers."

Dad, in his humble way, smiled.

"Maria, you could have found a rich man, one to appreciate your beauty. Yet, you married me; that's my reward."

Mom was not the blushing sort, but her eyes showed she enjoyed his compliments.

"José, on with you! You are my man!"

They both looked at me, laughing.

I laughed with them. That's the kind of family we were.

"Dad, how long will it take?"

"Not sure until we see the setup. It shouldn't be a long project, a couple of days."

"It will be good money."

"Jesús, every little bit helps, right?"

***

Mom was up early to fix breakfast and lunch to take. At 6 AM we left, driving southwest. Dad never drove fast. "Too many police looking for reasons to give a Mexican a ticket." So, what would have been an hour trip for most drivers was an hour and a half.

The project was on the east side of New Jerusalem, a tiny place at the intersection of five rural roads. There was no place to stay in town. Dad had a friend in a larger town to the west; we hoped to spend the night there. Looking back, we should have gone home and returned the next day. However, Dad wanted to see him.

The cabinet installation went well, except for some walls not being framed properly. Dad was a master at resolving problems like that. Tomorrow we would work on the closets, then head home.

***

There was a German restaurant in New Jerusalem, *Alexander's*. I had never had this type of food and wanted to try it. Dad didn't get this far in life by going to fancy places. He looked at the menu on the door and decided it was not what we wanted.

"We'll just head over to Osvaldo's. You'll like him. He comes from the *pueblecito* of Arandas, east of Guadalajara. I like the way he talks, pure country. I met him as a boy when his father came to Guadalajara to buy farm supplies. Sometimes I would go to Arandas to spend a week when there was no school. What a peaceful place."

"We could go by his house before looking for a place to eat."

"Good idea. He lives by himself, working odd jobs, mostly farm work. He might like a good meal out."

***

Osvaldo was excited to see Dad, giving him a big *abrazo*, and calling him, "*Mi Hermano.*"

"It has been many years, no?"

"Yes, too long since you came to Arandas. It's good to see you. This is your son?"

42

"Yes, my son Jesús. I could not do without him. He's also a carpenter. Someday he will be better than I."

"No one will ever be better than Dad. I am pleased to meet you."

"Jesús suggested we go out to dinner. Would you like that?'

"Yes, but I must pay."

"No, we are staying with you. It is our pleasure."

"There are not many places where Mexicans can eat, other than fast food restaurants. That's the way it is in these small towns; people are not open to outsiders. There's a small restaurant at the edge of town, a bit rough sometimes. However, the food is good."

***

The restaurant was dark, and not very clean, but Osvaldo was right about the food; it was good, not Mexican good, but American good.

We weren't in a hurry, so we sat and talked and talked over coffee refills as we waited.

Two intoxicated men at the bar had been watching us. We ignored their loud racist comments. They became louder, calling to us. "Hey, wetbacks!'

Then, in the door came a man and woman, he, full-bearded, wearing a loose gray robe, full wide pants, and a small cap, she with a dark flowing hijab.

No longer the focus of the men's comments, I felt the shift in tension.

The tallest one, a skinny guy with unkempt hair, stood and walked over to their table.

"You folks aren't welcome in here. No terrorists. Get out!"

The man said, "We have the right to be here. This is America."

"No you don't; get out!" He reached for the woman's head covering and ripped it off.

Her husband jumped up and pushed the man back.

Quickly, the man pulled out a small black gun.

I threw myself between them. Again, I made the sacrifice.

*****

EL CARPINTERO

He vuelto, como Arnold Schwarzenegger en *The Terminator*. Vi la película cuando era niño. Ahora soy mayor, incluso mayor que la última vez.

Mi nombre es Jesús Carpintero López, nacido en el pueblo siderúrgico de Belén, Pensilvania, en agosto de 1987. Tengo treinta y tres años. Mi madre, María, limpia casas y cuida a los hijos de los vecinos. Mi padre, José, es carpintero en Nazaret, donde vivimos. Yo trabajo con él. No es mi principal interés. Mi destino se encuentra a 40 millas al suroeste, en el pueblo de la colina de Nueva Jerusalén.

Si, son poblados reales en Pensilvania. Incluso a mí me sorprende la coincidencia.

Voy a morir; me matarán. He muerto antes, muchas veces. Mi muerte más famosa se encuentra en el *Nuevo Testamento*, pero sucede una y otra vez. Ustedes no se dan cuenta; están tan ocupados odiando.

¿Morir me molesta? Es algo por lo que tengo que pasar; muchos de ustedes tardan en aprender que ser diferentes o tener distintas creencias no son cosas malas.

He aquí cómo todo ocurrió en Pensilvania en el año 2020.

***

Papá es un contratista independiente, que completa proyectos que requieren un toque experto, particularmente gabinetes. Trabajamos fuera de casa, desde muy temprano en la mañana hasta tarde en el día, viajando en una pequeña camioneta de carga que compró después de llegar de México. Nosotros lo seguimos desde Guadalajara.

Me alegró mucho cuando, después de un largo día de trabajo, un hombre llegó y pintó un nuevo letrero en la camioneta blanca. Aún puedo ver esas brillantes letras rojas: *José e Hijo – Carpinteros*. Mamá, muy emocionada, lo abrazó por ello. Yo era su único hijo.

Yo soy un buen carpintero; por lo menos me gusta pensar que sí. Papá es paciente. Me río cuando pienso en mí con mi pequeña caja de herramientas de niño, siguiéndolo alrededor de la casa mientras él hacía modificaciones o reparaciones. Siempre me elogiaba por mis pequeños proyectos, y mi madre besaba mis pulgares hinchados.

La palabra sobre la calidad del trabajo de mi padre y su buen precio se esparció más allá de nuestro pueblo de Nazaret. En el negocio de la construcción, es la forma en la que sucede. Buen trabajo; la gente lo recuerda. Mal trabajo; nunca vuelven a llamar.

***

El domingo por la tarde, un contratista en Nueva Jerusalén llamó, preguntando si podríamos ir a terminar de instalar unos gabinetes y armarios. Sus carpinteros se encontraban en otro proyecto; los nuevos propietarios de la casa lo querían terminado para mudarse.

—Si pudieras venir por la mañana, estaría muy agradecido, José.

—Estaremos ahí temprano. Llevo a mi hijo conmigo ¿Tienes los materiales que necesitaremos?

—Si, fueron traídos por mis hombres. Todo lo que necesitarán son herramientas. La casa tiene electricidad. Después que terminen, vendrán los pintores de retoque.

—Bien, nos vemos a media mañana.

—Bien, hasta entonces. Oh, aumenté tu tarifa un diez por ciento, este es un trabajo urgente; debería pagar.

***

Después de la cena, revisamos las herramientas en la camioneta. Luego fuimos a casa a tomar café fuerte y hojaldres de guayaba que mamá había hecho.

–José, estoy tan orgullosa de ti y de Jesús. Son tan trabajadores.

Papá a su manera humilde, sonrió.

–María, podrías haber encontrado un hombre rico, uno que apreciara tu belleza. Sin embargo, te casaste conmigo; esa es mi recompensa.

Mamá no era del tipo que se sonroja, pero sus ojos mostraban que disfrutaba de sus cumplidos.

–¡Oh contigo, José! ¡Tú eres mi hombre!

Ambos me miraron, riendo.

Reí con ellos. Ese es el tipo de familia que éramos.

– Papá ¿Cuánto tiempo nos tomará?

–No estoy seguro hasta que veamos el arreglo. No debería ser un proyecto largo, un par de días.

–Será buen dinero.

–Jesús, cada pizca ayuda ¿Cierto?

***

Mamá estaba levantada temprano para preparar el desayuno y almuerzo para llevar. A las seis de la mañana salimos, conduciendo hacia el suroeste. Papá nunca condujo rápido.

–Demasiados policías buscando razones para multar a un mexicano. Así que, lo que habría sido un viaje de una hora para la mayoría de los conductores, fue de una hora y media.

El proyecto se encontraba en el lado este de Nueva Jerusalén, un pequeño lugar en la intersección de cinco caminos rurales. No había lugar para quedarse en el pueblo. Papá tenía un amigo en un pueblo más grande hacia el oeste; esperábamos pasar la noche ahí. Mirando hacia atrás, deberíamos haber ido a casa y regresado el siguiente día. Sin embargo, Papá quería verlo.

La instalación de los gabinetes salió bien, excepto por algunas paredes que no habían sido propiamente enmarcadas. Papá era un maestro en resolver problemas como ese. Mañana trabajaríamos en los armarios, luego nos dirigiríamos a casa.

**

Había un restaurante alemán en Nueva Jerusalén, *Alexander's*. Nunca había comido ese tipo de comida y quería probarla. Papá no había llegado tan lejos en la vida yendo a lugares elegantes. Miró el menú en la puerta y decidió que no era lo que queríamos.

—Nos dirigiremos a lo de Osvaldo. Te agradará. Él viene del pueblecito de Arandas, al este de Guadalajara. Me gusta la forma en la que habla, campesino puro. Lo conocí de niño cuando su padre venía a Guadalajara para comprar suministros agrícolas. A veces, yo iba a Arandas a pasar una semana cuando no había escuela. Qué pacífico lugar.

—Podríamos pasar por su casa antes de buscar un lugar para comer.

—Buena idea. Él vive solo, trabajando en trabajos ocasionales, principalmente en trabajo agrícola. Le podría gustar una buena comida fuera.

**

Osvaldo estaba emocionado de ver a Papá, dándole un gran abrazo y llamándolo *"mi hermano"*.

–Han pasado muchos años ¿No?

–Si, demasiado tiempo desde que viniste a Arandas. Me da gusto verte ¿Este es tu hijo?

–Si, mi hijo Jesús. No podría prescindir de él. También es carpintero. Algún día será mejor que yo.

–Nadie será mejor que Papá. Mucho gusto.

–Jesús sugirió que saliéramos a cenar ¿Te gustaría?

–Si, pero debo pagar.

–No, nos estaremos quedando contigo. Será nuestro placer.

–No hay muchos lugares donde los mexicanos puedan comer, además de restaurantes de comida rápida. Así son las cosas en estos pueblos pequeños; la gente no es muy abierta a los forasteros. Hay un pequeño restaurante a orillas del pueblo, un poco hostil en ocasiones. Sin embargo, la comida es buena.

***

El restaurante estaba oscuro, no muy limpio, pero Osvaldo tenía razón sobre la comida; estaba buena, no bueno mexicano, sino bueno estadounidense.

No teníamos prisa, así que nos sentamos y hablamos y hablamos con las recargas de café mientras esperábamos.

Dos hombres intoxicados en el bar habían estado observándonos. Ignoramos sus ruidosos comentarios racistas. Se volvieron más ruidosos, llamándonos –¡Oigan, *espaldas-mojadas*"!

Entonces, a la puerta llegaron un hombre y una mujer, él, barbudo, vistiendo una toga suelta gris, pantalones anchos completos y un pequeño gorro, ella con un fluido hiyab oscuro.

Dejamos de ser el foco de los comentarios de los hombres, sentí el cambio en la tensión.

El más alto, un tipo delgado con cabello desordenado se levantó y caminó hacia su mesa.

–Ustedes no son bienvenidos aquí. Nada de terroristas ¡Váyanse!

El hombre dijo:

–Tenemos derecho a estar aquí. Esto es Estados Unidos

–No, no pueden ¡Váyanse! Alcanzó la cubierta de la cabeza de la mujer y se la arrancó.

Su esposo saltó y empujó al hombre hacia atrás.

Rápidamente, el hombre sacó una pequeña pistola negra.

Me lancé entre ellos. Una vez más, hice el sacrificio.

*****

CERVEZA AND TOSTONES

CERVEZA Y TOSTONES

CERVEZA AND TOSTONES

I want to tell you a story.

Usually, to educate people, I tell something about how it was written. However, in this case, I'm a bit inebriated. So, the story may be unclear. Anyway, here goes.

Often I would stand by the road in the small community of Puñal and wave down a *público* to go to the second-largest city in the Dominican Republic, Santiago de los Caballeros. There is a small, quiet plaza in the old part of town, Parque Duarte. It's a peaceful place, shaded by wide-reaching trees.

A little tavern, gone now, on one side of the plaza served beer, *cerveza*, and *tostones*. They go well together. As I said, I've had a few.

Tostones, sometimes called *patacones,* are twice-fried plantain slices commonly found in Latin American and Caribbean cuisine.

Ordered some more beer, a *Presidente,* as I recall. There were other beers, imported ones. However, I try to be loyal to the Dominican Republic.

Leaning back in the chair, enjoying the coolness, the smooth taste, and the mouth-cleansing effervescence, I noticed a little old man looking in at me through the dirty window next to me.

I tried to ignore him. Yet, he kept raising his hand, as if drinking a beer.

I raised my beer to him, "Saludos!"

He did it again. Smiling with a near-toothless mouth, he pointed to himself.

Why not? I waved him on in.

The tavern owner started to chase him out. I signed that it was OK, pulling up a chair for the old guy.

He hobbled over, limbs bent and twisted

I ordered a *Presidente* for him, and a large platter of big, fat, hot, salted tostones.

Introducing himself and thanking me, "*Paulo Martín de la Roca, as sus ordines. Muchas gracias.*

"As you have been so kind as to buy me something for my thirst and my empty belly, I'll tell you a story.

"I have not always been like this," pointing to his body, " but I did a wrong and was punished for it."

He proceeded to tell his tale.

"I lived on the very north coast of the country, La Isabela, Do you know of it?"

"Yes, that's where Columbus made his landing."

"The soil is not very good there, many rocks and it was a very dry year. I had lost most of my crops. I was angry with nature. I screamed and shouted. I jumped up and down, cursing.

"The jumping disturbed a snake that came out of a hole, looking at me.

"Now, I am not afraid of snakes, at least I was not then.

"I was so crazy, so mad at what had happened to me, to my family.

"I picked up the snake by the tail, ran to the edge of the cliff overlooking the sea ... and threw the snake into the water.

"Right after this, a big storm came up. It got dark and windy. So I ran to the little house next to the fields where I worked.

"It got darker and darker and the rain pounded down. I slammed the door shut to keep out the rain.

"Then, there was a light tapping on the door.

"Someone was out in the rain. I opened the door. No one was there.

"Looking down, I saw the snake, with his tail in his mouth. He rolled toward me like a small wheel. He uncoiled and bit me. Then he rolled out the door. I never saw him again.

"One week later I fell and broke an arm. A doctor set it, but not very well.

"One month later I stepped into an abandoned well. My foot caught in the pipe and I broke the leg at the knee. Again, the doctor fixed it, but not well. We did not have very good people in those days.

"As time passed, I broke more and more bones, such that you see me as I am today."

I pushed the platter of tostones over to him. He delicately helped himself to one and took a drink of the beer.

"Do you know the moral of this story?" he asked

"No. What is it?"

It came out in Spanish, of course … but the nearest translation in English is …

If a snake by the tail you take

And throw it into the sea

That snake will your bones break

From arms to legs to knee

With that, he downed the beer, reached out, and shook my hand. Turning at the door, he came back and scooped the remaining tostones into a small cloth bag he carried over his shoulder.

He walked out the door ... I never saw him again.

I am very careful with snakes. Sometimes I share my beer with them, to keep them happy.

CERVEZA Y TOSTONES

Quiero contarles una historia.

Usualmente, para educar a la gente, cuento algo tal como fue escrito. Sin embargo, en este caso, estoy un poco ebrio. Así que la historia puede ser un poco confusa. Como sea, aquí va.

A menudo me paraba junto a la carretera en la pequeña comunidad de Puñal y le hacía señales a un *público* para ir a la segunda ciudad más grande en la República Dominicana, Santiago de los Caballeros. Ahí hay una pequeña y tranquila plaza en la parte más antigua de la ciudad, el Parque Duarte. Es un sitio pacífico, sombreado por amplios árboles.

Una pequeña taberna, hoy desaparecida, a un lado de la plaza servía cerveza y tostones. Van bien juntos. Como dije, he probado algunos.

Los tostones, a veces llamados *patacones*, son rebanadas de plátano macho fritas dos veces, comunes en la cocina latinoamericana y caribeña.

Ordené algo más de cerveza, una *Presidente*, según recuerdo. Había otras cervezas, importadas. Sin embargo, trato de ser leal a la República Dominicana.

Reclinándome en la silla, disfrutando la frescura, el sabor suave y la efervescencia liberadora en la boca, noté a un viejito que me miraba a través de la sucia ventana junto a mí.

Intenté ignorarlo. Pero seguía levantando la mano, como si bebiera una cerveza.

Levanté mi cerveza hacia él:

−¡Saludos!

Lo hizo de nuevo. Sonriendo con una boca casi desprovista de dientes, se señaló a sí mismo.

¿Por qué no? Le hice señas para que entrara.

El dueño de la taberna intentó echarlo. Le indiqué que estaba bien, jalando una silla para el viejo.

Él cojeaba, con extremidades curvadas y retorcidas.

Ordené una *Presidente* para él y un gran plato de grandes, gordos, calientes y salados tostones.

Presentándose me agradeció:

–Paulo Martín de la Roca, a sus órdenes. Muchas gracias. Como ha sido tan amable de comprar algo para mi sed y estómago vacío, le contaré una historia. No siempre he sido así, –señalando a su cuerpo–, pero hice algo malo y fui castigado por ello.

Procedió a contar su historia.

–Viví en la parte más norte del país, La Isabela ¿La conoce?

–Si, fue ahí donde Colón desembarcó.

–El suelo no es muy bueno allí, hay muchas rocas y fue un año muy seco. Había perdido la mayoría de mis cosechas. Estaba enojado con la naturaleza. Grité y chillé. Salté de arriba hacia abajo, maldiciendo. Los saltos molestaron a una serpiente que salió de un agujero, mirándome.

Ahora, no le tengo miedo a las serpientes, por lo menos no hasta entonces. Estaba tan loco, tan enojado con lo que me había pasado, a mi familia. Tomé a la serpiente por la cola, corrí al borde del acantilado que daba al mar... y tiré la serpiente al agua.

Justo después de esto, se desató una gran tormenta. Se volvió obscuro y ventoso. Así que corrí a la pequeña casa junto a los campos donde trabajaba. Se volvió más y más obscuro y la lluvia arreció. Cerré de golpe la puerta para mantener la lluvia fuera.

Entonces, hubo un ligero golpeteo en la puerta. Había alguien afuera en la lluvia. Abrí la puerta. No había nadie. Miré hacia abajo y vi la serpiente, con la cola en su boca. Rodó hacia mí como una pequeña rueda, se desenroscó y me mordió. Entonces rodó hacia afuera. Nunca volví a verla.

Una semana después caí y me rompí un brazo. Un médico lo arregló, pero no muy bien. Un mes después me paré sobre un pozo abandonado. Mi pie se enganchó en el tubo y me rompí la pierna a la altura de la rodilla. De nuevo, el médico lo arregló, pero no bien. No teníamos buena gente en esos días. A medida que pasó el tiempo, me rompí más y más huesos, hasta el punto en el cual me ve hoy.

Empujé el plato de tostones hacia él. Delicadamente se sirvió uno y bebió un trago de la cerveza.

—¿Sabe la moraleja de esta historia? —Preguntó—.

—No ¿Cuál es?

Si una serpiente por la cola tomas

y la lanzas al mar

esa serpiente tus huesos romperá

desde los brazos, a las piernas, a la rodilla

Con eso, bajó la cerveza, extendió el brazo y estrechó mi mano. Giró hacia la puerta, regresó y metió los tostones restantes en una bolsa de tela que cargaba sobre su hombro.

Salió por puerta… Nunca volví a verlo.

Soy muy cuidadoso con las serpientes. En ocasiones comparto mi cerveza con ellas, para mantenerlas felices.

INNOCENCE

INOCENCIA

INNOCENCE

After much teasing by his *Norteamericano* friends and family in Chicago, Roberto Castillo thought:

Was it the light, the tropical heat, how was it done? Did it happen? I told people what I saw; they laughed at me.

Roberto, of *Artois Water Watch*, had volunteered to spend a year in northern rural Dominican Republic helping develop potable water supplies. Work involved windmill repair and installation of CARE-supplied hand pumps. Assigned to him were a government well drilling crew and a rickety cable-tool rig.

He had finished a hand-pump installation at Los Caracoles and was passing through the small community of La Higuera in his battered pickup truck. It was a hot morning, a bit early, but hot enough for a cold beer from a palm-thatched *tienda* at the head of the road leading to the village from the Santiago de los Caballeros highway.

At the far end of the road, he could see that a crowd had gathered, some lined up or marching about. Standing outside the store, he pulled on his cold *Presidente* beer, watching the distant activity.

Middle of the week, so many people? What's going on?

Handing the bottle back, he wandered down the road. He had been to La Higuera often and was acquainted with the *campesinos* who worked the fields of corn, *yuca,* and tobacco.

Halfway down, he passed Miguel Muñiz, hauling an enormous bundle of palm fronds on his back. He looked like a large, barefoot, two-legged butterfly with wide green wings.

"Hola, Miguel. ¿Qué Pasa?"

Giving Roberto a big *abrazo*, an embrace, almost falling over with his awkward load, he responded, "Compadre Roberto. Good to see you. I hope you are well, and the family also. We are preparing for *Domingo de Ramos*. You know this?"

"Well, I'm not the best Catholic, but I know Palm Sunday. What a crowd of people."

***

Walking further down the sandy two-track road with Miguel, he arrived at a small, pale green wooden church, with a wide dirt plaza, large mango trees, and palms surrounding it. Dust rose as men and women milled about.

"There's Cirilito, you know him," said Miguel. "He's in charge of the procession of the *Cristo*. Let me put these fronds in the pile. He will explain to you what we are doing."

Cirilito, a tall, bony man, thatch of flattened gray hair on his head, walked about, talking to the crowd. His hatchet-thin face, with high cheekbones, browned by farm work, smiled.

"Hola, Compadre Roberto. Good to see you, welcome to our village."

Giving Cirilito an embrace, Roberto asked, "Why are those two lines of singing women and girls strutting back and forth?"

Cirilito frowned, turned toward Roberto, and in a low rasping voice, "Those are the 'Holy Clubs'. We need one group for the procession, but the leaders do not like each other, so, two groups. It causes problems with these two women fighting. I don't want to get between them; they would attack me, not physically, but women have such sharp tongues. I leave them to their nonsense. Don't talk to them.

"The one in the white dress with the black trim is Maria Gómez. We call her "Maria la Santísima." She thinks she is so saintly.

"The other is Dominga Fernández, we call her 'La Elegida,' the one chosen by God!"

Bouncing around the two women was a group of small barefoot children, under seven or eight years, pleading in high-pitched voices, "We want to help! Let us help too!"

Maria, dark pinched face with lips pursed out, puffed up her black hair bun, and shouted at them, "Too little, you're just too little. Go away!"

The children then crowded around Dominga, pleading. Her swollen reddish face looked down at them, laughing, "You'll get in the way. Sunday, just stand with the others in the plaza and wait for us to return with the procession."

Then, haughtily, she gave a pleased smile to Maria, turning her nose up and strutting away like a female rooster.

Hurt, the children walked away, shoulders slumping. No one paid any attention to them.

Cirilito rang the church bell, calling the men and women to the plaza.

"We have lots to do before the procession; let's get busy."

The women and older girls bustled around, cleaning the church, even scrubbing the steps and outside walls. Men and boys went into the surrounding fields to cut more palm fronds for the procession, placing them in large piles near the church door.

Little boys, with adults laughing at their efforts to climb the tall palm trees, were persistent and managed to reach the top, slashing with their fathers' long machetes. Fronds fell with regularity. Small girls collected them, and then scurried off, not placing them in the piles their elders made. The adults yelled at the children to put the fronds on the piles. Ignoring them, laughing with glee, the children disappeared into a cornfield with the fronds.

Some of the men made chase, but, laughing, Cirilito stopped them, "We have enough."

***

Domingo de Ramos came. The community was wildly excited, dressed in their finest clothing, freshly washed and pressed.

Men struggled to carry the heavy mahogany statue of the *Cristo* from the church. Chests heaving, they set it on the ground, waiting for the procession to start.

The two rival women's groups gathered at the door of the church. Cirilito tried to coordinate their activities, to no avail. Maria and Dominga loudly gave separate final instructions to their followers.

The faces of the procession participants beamed. The priest, old Padre José, led the procession fifty yards, and then, tired, stepped aside for the procession's return. Roberto stayed with him; they had not had a good chat for a while.

Padre José, from Quebec, Canada, lives in the big city to the north, Santiago de los Caballeros, coming to La Higuera on Sundays.

Pulling Roberto aside, "Roberto, let's rest a bit."

Roberto pulled two well-used, unpainted wooden rocking chairs under an overhanging mango tree.

Rocking, Padre José laughingly told funny stories about people in the community.

***

The campesinos waved palm fronds in celebration, swaying and singing along the village paths, house to house with the Cristo. Pausing at each humble abode, they briefly prayed for the family, their crops, and their animals.

Roberto looked about. Where are the littlest children? There was no one under age eight remaining. Moreover, none of them was in the procession.

Finally, the procession returned toward the church. Fronds waved rhythmically in the air beyond the yuca fields, singing voices raised in praise. They came down the path through a field.

The procession stopped at the edge, before arriving at the plaza. The "Holy Clubs" spread out on opposite sides of the path to the church.

Suddenly, many little children scampered out of the cornfield, placing the fronds they had cut onto the ground, making a broad walkway to the church. A pleased Cirilito smiled broadly, thanking them.

The men stood in the midday heat, exhausted and sweating. They set the Cristo down on the palm fronds, waiting for Padre José's blessing. He rose from his chair, hands up to bless them.

Then, two of the smallest children, a boy and a girl, both about four years old, shyly stepped out of the nearby yuca field. They were dressed all in white, barefoot.

Stepping up to the Cristo, they motioned the men to step back. Then, small hands lightly pressing the back of the statue, slowly pushed it forward, over the fronds.

Yet, it did not touch the fronds.

Roberto crouched to his knees, head on the ground, looking at the statue as it moved forward. The massive statue was not touching the fronds; the only thing moving it was the fingertip effort of the two small cherub-like children. How could this be?

His kneeling was one of astonishment, trying to see what was happening. He was not praying. However, most of the others were now on their knees, blessing themselves, and wondering.

Padre José turned, smiling, looking at Roberto, then at the others, and said, loudly, his voice quavering, "And they brought young children to Him, that He should touch them: and His disciples rebuked those that brought them. But when Jesus saw it, He was much displeased, and said unto them, suffer the little children to come unto Me, and forbid them not: for of such is the Kingdom of God."

He glanced at the adults and the two rival holy club leaders and bowed his head.

"Yes," said Roberto, "suffer the little children."

At the end of the frond pathway near the church steps, the small boy and girl stopped. Stepping back from the statue, they turned and smiled at the two rivals and the adults.

The two not-so-holy women prostrated themselves on the ground, crying and rolling about, begging for forgiveness. The stunned crowd suddenly broke into songs of praise, embracing one another and all of the children.

***

Roberto made a special trip from Chicago the next year for the Domingo de Ramos.

He, the La Higuera community, and an enormous crowd of people from surrounding areas, even folks from Santiago de los Caballeros, all waited for the *milagro* again.

This time the small children participated, leading the men who carried the Cristo. The two holy women walked arm in arm, smiling.

However, nothing happened. There was no miracle, just a regular procession.

Many visitors were disappointed, but not the locals. They knew what had happened last year.

Padre José, resting in his rocking chair under the spreading mango tree, motioned to Roberto to come over. Pulling a second chair next to him, he sat and began to rock in unison with the old priest.

They were silent, until Padre José said, leaning over, in a low voice, "The little children are not suffering."

*****

INOCENCIA

Después de muchas burlas por parte de sus amigos y familia norteamericanos en Chicago, Roberto Castillo pensó:

« ¿Fue la luz, el calor tropical? ¿Cómo sucedió? ¿Acaso sucedió? –Le dije a la gente lo que vi; se rieron de mí. »

Roberto, del *Artois Water Watch*, se había ofrecido como voluntario para pasar un año en el norte rural de la República Dominicana ayudando a desarrollar suministros de agua potable. El trabajo incluía la reparación de molinos de viento y la instalación de bombas manuales suministradas por la organización CARE. A él estaba asignado un equipo y una desvencijada plataforma de perforación de pozos del gobierno.

Había terminado la instalación de una bomba manual en Los Caracoles y pasaba por la pequeña comunidad de La Higuera en su maltrecha camioneta. Era una mañana calurosa, un poco temprano, pero lo suficientemente cálida como para tomar una cerveza fría en una tienda de techo de palma en el entronque de la carretera que conduce al pueblo desde la autopista de Santiago.

En el otro extremo del camino, pudo observar que se había reunido una multitud, algunos se alineaban o en procesión. De pie afuera de la tienda, bebió de su fría cerveza *Presidente*, observando la distante actividad.

«Es media semana ¿Tanta gente? ¿Qué está pasando?»

Devolviendo la botella, vagó por la carretera. Había estado en La Higuera a menudo y estaba familiarizado con los campesinos que trabajaban en los campos de maíz, yuca y tabaco.

A medio camino, pasó junto a Miguel Muñiz, quien acarreaba un enorme bulto de frondas de palma en su espalda. Parecía una gran mariposa de dos piernas descalza con amplias alas verdes.

–Hola Miguel ¿Qué pasa?

Dando a Roberto un gran abrazo, casi cayendo con su incómoda carga, respondió:

–Compadre Roberto. Me alegro de verte. Espero que estés bien y también la familia. Nos estamos preparando para el Domingo de Ramos ¿Sabes qué es?

–Bueno, no soy el mejor católico, pero conozco el Domingo de Ramos. ¡Qué multitud de gente!

***

Caminando por la arenosa terracería con Miguel, llegó a la pequeña iglesia de madera de color verde pálido, con una amplia plaza de tierra, grandes árboles de mango y palmas la rodeaban. El polvo se levantó conforme pasaban los hombres y mujeres.

–Ahí está Cirilito, lo conoces –dijo Miguel– Él está a cargo de la procesión del Cristo. Déjame poner estas frondas en la pila. Él te explicará qué es lo que estamos haciendo.

Cirilito, un hombre alto y huesudo, con su cabeza cubierta por un aplanado cabello gris, caminaba hablándole a la multitud. Su afilada cara, con altos pómulos, bronceado por el trabajo agrícola, sonrió.

–Hola, compadre Roberto. Gusto de verte, bienvenido a nuestro pueblo.

Dándole a Cirilito un abrazo, Roberto preguntó:

–¿Por qué están esas dos líneas de mujeres y niñas cantando y pavonéandose de un lado a otro?

Cirilito frunció el ceño, volteó hacia Roberto, y con una voz baja y ronca respondió:

–Son los "Clubes Sagrados". Necesitamos un grupo para la procesión, pero las líderes no se agradan, así que tenemos dos grupos. Causa problemas tener a estas dos mujeres peleando. Yo no quiero meterme entre ellas; me atacarían, no físicamente, pero las mujeres tienen lenguas tan afiladas. Las dejo en sus propias tonterías. No hables con ellas.

–La del vestido blanco con adornos negros es María Gómez. La llamamos "María la Santísima". Cree que es muy santa. La otra es Dominga Fernández, la llamamos "La Elegida" ¡La elegida por Dios!

Saltando alrededor de las dos mujeres, había un grupo de pequeños niños descalzos, menores de siete u ocho años, suplicando con voces agudas:

–¡Queremos ayudar! ¡Permítanos también ayudar!

María, de enjuta cara oscura con labios fruncidos, enrolló su negro cabello y les gritó:

–Son demasiado pequeños, simplemente muy pequeños ¡Váyanse!

Los niños entonces se amontonaron alrededor de Dominga, suplicando. Su cara rojiza e hinchada los miró hacia abajo, riendo:

–Ustedes estorbarían. El domingo sólo quédense con los demás en la plaza y esperen a que regresemos con la procesión.

Entonces, altivamente, dio una sonrisa satisfecha a María, levantando la nariz y pavonéandose como un gallo femenino.

Heridos, los niños se alejaron con hombros caídos. Nadie les prestó atención.

Cirilito sonó la campana de la iglesia, llamando a los hombres y mujeres a la plaza.

—Tenemos mucho que hacer antes de la procesión; vamos a ocuparnos.

Las mujeres y niñas mayores estaban ajetreadas, limpiando la iglesia, restregando las escaleras y paredes exteriores. Los hombres y niños fueron a los campos circundantes a cortar más frondas de palma para la procesión, colocándolas en grandes pilas cerca de la puerta de la iglesia.

Los niños pequeños, con los adultos riéndose de sus esfuerzos por trepar las altas palmeras, eran persistentes y se las arreglaban para alcanzar la punta, cortando con los largos machetes de sus padres. Las frondas caían con regularidad. Las niñas pequeñas las recolectaban y se escapaban con ellas, sin colocarlas en las pilas que los mayores habían hecho. Los adultos gritaban a los niños para que pusieran las frondas en las pilas. Ignorándolos, riendo con regocijo, los niños desaparecían en el campo de maíz con las frondas.

Algunos hombres los persiguieron, pero, riendo, Cirilito los detuvo:

—Ya tenemos suficientes.

***

El Domingo de Ramos llegó. La comunidad estaba tremendamente emocionada, vestidos con sus ropas más finas, recién lavadas y planchadas.

Los hombres lucharon para cargar la pesada estatua de caoba del Cristo de la iglesia. Pechos jadeantes, lo colocaron sobre el suelo, esperando a que la procesión comenzara.

Los dos grupos rivales de mujeres se reunieron a la puerta de la iglesia. Cirilito trató de coordinar sus actividades, en vano. María y Dominga dieron sus últimas instrucciones ruidosamente y por separado a sus seguidores.

Las caras de los participantes de la procesión se iluminaron. El sacerdote, el viejo padre José, lideró la procesión por cincuenta yardas, y entonces, cansado, se hizo a un lado para el regreso de la procesión. Roberto se quedó con él; no habían tenido una buena charla en un tiempo.

El padre José, de Quebec, Canadá, vive en la gran ciudad al norte, Santiago de los Caballeros, viniendo a La Higuera los domingos.

Llevando a Roberto aparte:

—Roberto, descansemos un poco.

Roberto acercó dos mecedoras muy usadas de madera sin pintar bajo un colgante árbol de mango.

Meciéndose, el padre José riéndose contó historias graciosas sobre la gente de la comunidad.

***

Los campesinos ondulaban las frondas de palma en celebración, balanceándose y cantando a lo largo de los caminos del pueblo, de casa en casa con el Cristo. Pausando en cada humilde morada, rezando brevemente por la familia, sus cultivos y animales.

Roberto miró a su alrededor:

« ¿Dónde están los niños más pequeños? No había ninguno menor a ocho años. Además, ninguno de ellos estaba en la procesión. »

Finalmente, la procesión regresó hacia la iglesia. Las frondas ondeaban rítmicamente en el aire más allá de los campos de yuca, voces cantantes se elevaron en alabanzas. Venían por un camino a través de un campo.

La procesión se detuvo a la orilla, antes de entrar a la plaza. Los "Clubes Sagrados" se esparcieron en los dos lados opuestos del camino a la iglesia.

De repente, muchos niños pequeños se precipitaron fuera del campo de maíz, colocando las frondas que ellos habían cortado sobre el suelo, haciendo una amplia pasarela hacia la iglesia. Un Cirilito complacido sonrió ampliamente, agradeciéndoles.

Los hombres se pararon en el calor del medio día, exhaustos y sudando. Bajaron el Cristo sobre las frondas de palma, esperando la bendición del padre José. Él se levantó de su silla, con las manos altas para bendecirlos.

Entonces, dos de los niños más pequeños, un niño y una niña, ambos de unos cuatro años, salieron tímidamente del campo de yuca cercano. Estaban totalmente vestidos de blanco, descalzos.

Acercándose al Cristo, indicaron a los hombres que retrocedieran. Entonces, las pequeñas manos presionaron suavemente la parte posterior de la estatua, empujándola lentamente hacia adelante, sobre las frondas.

Sin embargo, ésta no tocó las frondas.

Roberto se agachó sobre sus rodillas, cabeza sobre el suelo, mirando a la estatua conforme se movía hacia adelante. La masiva estatua no tocaba las frondas; la única cosa que la movía era el esfuerzo de las puntas de los dedos de los pequeños niños parecidos a querubines.

« ¿Cómo podía ser? »

Su arrodillamiento era uno de asombro, tratando de ver lo que estaba sucediendo. No estaba rezando. Sin embargo, la mayoría de los demás estaban ahora sobre sus rodillas, bendiciéndose y asombrándose.

El padre José volteó, sonriendo, mirando a Roberto, luego a los otros, y dijo, fuertemente, con voz temblorosa:

–Y ellos trajeron los niños a Él, para que los tocara: y Sus discípulos riñeron a los que los trajeron. Pero cuando Jesús vio eso, se disgustó mucho, y les dijo, permitid a los niños pequeños venir a Mí, y no les prohíban: ya que de ellos es el Reino de Dios.

Echó un vistazo a los adultos y a las líderes rivales de los dos clubes sagrados e inclinó la cabeza.

–Si –dijo Roberto–, sufren los niños pequeños.

Al final de la pasarela de frondas, cerca de los escalones de la iglesia, los pequeños niño y niña se detuvieron. Apartándose de la estatua, voltearon y sonrieron a las dos rivales y a los adultos.

Las dos no-tan-santas mujeres se postraron hacia el suelo, llorando y revolviéndose, rogando perdón. La muchedumbre asombrada rompió en cantos de alabanza, abrazándose unos a otros y a todos los niños.

***

Roberto hizo un viaje especial desde Chicago al año siguiente para el Domingo de Ramos.

Él, la comunidad de La Higuera, y una enorme multitud de gente de las áreas circundantes, incluso personas de Santiago de los Caballeros

, todos esperaron nuevamente por el milagro.

Esta vez participaron los niños pequeños, liderando a los hombres que cargaban el Cristo. Las dos mujeres santas caminaban del brazo, sonriendo.

Sin embargo, nada ocurrió. No hubo milagro, sólo una procesión regular.

Muchos visitantes estaban decepcionados, pero no los lugareños. Sabían lo que había sucedido el año anterior.

El padre José, descansando en su mecedora bajo el colgante árbol de mango, invitó a Roberto a acompañarlo. Jalando una segunda silla junto a él, se sentó y comenzó a mecerse al unísono con el viejo sacerdote.

Guardaron silencio, hasta que el padre José dijo, inclinándose, con una voz baja:

−Los niños pequeños no sufren.

*****

LAS RUEDAS

LAS RUEDAS

Pulled by an old white mule, its bony spine rising and falling like the long broken ridge of the misty blue sierra to the distant north, the *ruedas* of the creaking wooden wagon slowly rolled, bumping across crumbling limestone rocks sticking through the wet reddish mud of the narrow village path. Carlos Fernández stood in the days-long drizzle, watching the wagon lurch forward. A rough-sawn pine box tied to the wagon bed its only load; in it, Emilio.

He couldn't cry; it had been a good enough life for his friend, better than that of many of the villagers. Yet, as he watched the muddy *ruedas*, the large wooden wheels, roll, thumping in the water-filled ruts, he felt their power, the undeniable ending of a life, the life of his only friend.

Side by side, for uncountable years, he and Emilio had burned the sugarcane fields at harvest time and cut the *caña*, hauling it to the seemingly endless line of oxen-drawn wagons heading to the sugar mill. Looking at his strong brown machete-scarred arms and hands, he asked himself, *¿Quién va a cortar caña conmigo?* This thought of cutting cane alone worried him. Yet, cutting cane was what he had done and would do, until his last day. Of course, after cutting the cane, planting followed, then more cutting. Always a beginning and an end, then the beginning once more.

In a slow, mesmerizing repetitive blur, the gray wooden spokes rotated from top to bottom and back to the top, always moving forward. The rusty steel-covered rims seemed to fight the spokes, appearing to move slower, saying, *slow down; take your time.*

Out of the axle hub oozed blackened gritty grease, the axle and the hub softly grinding their rhythmic prayer to the dead. It was Emilio's wagon, his turn.

"Ruedas, ruedas! Malditas ruedas!" Carlos cursed. So many had gone with them, so many he knew, so many he loved. Even Maria, his beloved. And, his two babies from the *colerín*, long ago. He struggled to remember their little faces. He hadn't needed the wagon for them; each time he had hauled a little coffin roped to his back.

Maria, he could understand; she had lived a long life. The children? He could never accept that. Moreover, Maria had been too old for more. Now, he lived alone in his dirt-floored house, sides covered with long slabs cut from palm trunks, a thick roof of palm leaves holding back the summer hurricane rains of southeastern Dominican Republic.

Straightening from his self-pitying stoop, he started walking along the road, slowly following the wagon, his tattered woven *sisal* sandals sucking in the mud with each step. There were only two of them on the path, he and the *haitiano*, the one in charge of the *cementerio*, the one who dug the pits and hauled the dead. This bothered him, that he was alone. Mumbling to himself, *"¿Y yo? No tengo familia, ni amigos."* Wondering, who will walk with me when my time comes?

At the edge of El Higueral, the sugar cane-surrounded village, the Haitian led the mule up a slight rise into the cemetery with its small deteriorating monuments of wood and stone, the final statements of those who had gone. The rain paused; wet clouds slowly moving just above the few soughing, skinny pines on the hilltop.

Together, Carlos and the Haitian, an old man himself, struggled with the box, sliding it off the wagon. Emilio had been a small man, very slight and bony, worn from years of cutting cane. How could he weigh so much? It was the pine wood, still wet and uncured.

Dragging the yellowish, rough box over to the pit, they paused to loop two ropes under it. Then, ropes wrapped around their waists, lifting and pulling together from opposite sides, they swung it over the hole, slowly releasing the ropes, letting the box drop to the bottom. Damp clods of dirt, loosened from their efforts, fell on the box with a hollow rattle.

On their knees, Carlos and the Haitian briefly bowed their heads. As he did so, Carlos thought, is this all there is at the end? He looked at the box in the pit and then at the wagon. Briefly, a strong ray of sunlight burst through the clouds, striking the weathered gray *ruedas* of the wagon. It was almost gone before he realized it had been there. He stared at the wooden wheels, understanding, for the first time. Yet, he didn't quite understand; he needed time to think.

After filling the pit with the pile of dirt, and mounding it, he and the Haitian paused to rest, leaning on the shovels. The slow rain had started again, heavier, water dripping off their *sombreros* and running down their backs. Carlos looked at the man, realizing that he did not know his name. He was just a *haitiano*. At least that was the way the Dominican villagers viewed them, almost invisible, sometimes hated.

Emilio was gone; Carlos was alone. Yet, who was this man? Just another old man, like himself? Yes, like him. Old, perhaps alone, certainly ignored.

Turning, Carlos looked into the man's dark eyes. They were watery; one appeared to be unseeing, pale, and unmoving. His narrow face was dark and deeply creased.

No, not only dark but so black as to have a cast of dark blue, as do many Haitians. The one eye twinkled and his white teeth showed in a big smile as he looked at Carlos. Something changed.

Raising his hand, he extended it toward the man. "*Mi nombre es Carlos.*" The man's smile grew larger as he firmly grasped Carlos' hand, "*Toussaint, a sus órdenes.*"

Both smiled, saying little more. Toussaint motioned for Carlos to climb up to sit next to him for the ride back. He shook his head, explaining that he needed to watch the *ruedas*. Toussaint laughed, shrugging.

As the wagon, now lightened and rolling with more ease, headed back toward El Higueral, Carlos watched the *ruedas*. He began to understand. The wheels were life. When the bottom of the wheel moved forward and left the mud, life was beginning. When the wheel rolled forward and what had started at the bottom was now at the bottom again, life ended. Then life began once more, as the rolling continued.

Carlos laughed loudly, swinging his arms in circles. Toussaint glanced over with a puzzled look.

Carlos knew his life was beginning again; the wheel of life was moving forward once more. It had not ended with Emilio. He had a friend, Toussaint. Yet, one friend was not enough; he needed more turnings of the *ruedas*.

*****

LAS RUEDAS

Tirada por una vieja mula blanca, su espina huesuda subiendo y bajando como la larga y quebrada cresta de la neblinosa sierra azul en el norte distante, las ruedas de la chirriante carreta de madera lentamente rodaron, sacudiéndose sobre desmoronadas rocas calizas pegándose en el lodo rojizo del angosto camino del pueblo. Carlos Fernández resiste la llovizna de varios días, cuidando el avance tambaleante de la carreta. Una caja de pino aserrado en bruto al fondo de la carreta era su única carga; en ella, Emilio.

No podía llorar, había sido una vida suficientemente buena para su amigo, mejor aún que aquella de muchos pueblerinos. Así, mientras miraba las lodosas ruedas, las grandes ruedas de madera, rodando y golpeando en los surcos llenos de agua, sintió su poder, marcando el final innegable de una vida, la vida de su único amigo.

Lado a lado, por incontables años, él y Emilio habían quemado los campos de caña en tiempo de cosecha y cortado la caña, arrastrándola a la interminable línea de carretas tiradas por bueyes que se dirigían al ingenio azucarero. Observando sus fuertes brazos y manos morenas marcadas por cicatrices de machete, se preguntó: «¿Quién va a cortar caña conmigo?»

Este pensamiento de cortar caña solo le preocupaba. Sin embargo, cortar caña era lo que había hecho y haría, hasta su último día. Por supuesto, después de cortar la caña, seguiría la siembra, luego más corte. Siempre un inicio y un final, luego el inicio una vez más.

En un lento, hipnotizante y repetitivo borrón, los rayos grises de madera rotaron de arriba abajo y de nuevo hacia arriba, siempre hacia adelante. Los armazones de hierro oxidados parecían luchar con los rayos, parecían moverse más lento, diciendo, más lento; toma tu tiempo.

El eje central rezumaba grumosa grasa ennegrecida, el eje y el centro chirriando suavemente su rítmica oración al muerto. Era la carreta de Emilio, su turno.

— ¡Ruedas, ruedas! ¡Malditas ruedas!"— maldijo Carlos.

Muchos se han ido con ellas, muchos que conocía, muchos que amó. Incluso María, su amada. Y, sus dos bebés de colerín, hacía mucho tiempo. Se esforzó por recordar sus caritas. No había necesitado la carreta para ellos; cada vez él había llevado un pequeño ataúd atado a su espalda.

María, él podía entender; había tenido una larga vida ¿Los niños? No podía nunca aceptarlo. Por otra parte, María había sido muy vieja para más. Ahora, él vivía solo en su casa de piso de tierra, paredes cubiertas por largas trozas cortadas de troncos de palma, con un grueso techo de hojas de palma que retenían las lluvias huracanadas del verano del sureste de República Dominicana.

Enderezándose de su autocompasión, comenzó a caminar a lo largo del camino, lentamente siguiendo la carreta, sus andrajosas sandalias tejidas de sisal eran succionadas por el lodo con cada paso. Había solo dos de ellos en el camino, él y el haitiano, el encargado del cementerio, aquél que excavaba las fosas y cargaba a los muertos. Esto le molestó, que estuviera solo. Balbuceando para sí mismo, «¿Y yo? No tengo familia, ni amigos.» Preguntándose, «¿Quién caminará conmigo cuando me llegue la hora?»

A la orilla de El Higueral, la villa rodeada de caña de azúcar, el haitiano llevó la mula por una leve subida hacia el cementerio con sus pequeños monumentos deteriorados de madera y piedra, los epitafios de aquellos que se habían ido. La lluvia cesó; húmedas nubes se movieron lentamente sobre los pocos y delgados pinos susurrantes en la cima de la colina.

Juntos, Carlos y el haitiano, un hombre viejo también, lucharon con la caja, deslizándola fuera de la carreta. Emilio había sido un hombre pequeño, muy ligero y huesudo, desgastado por los años de cortar caña. ¿Cómo podía pesar tanto? Era la madera de pino, aún húmeda y sin curar.

Arrastraron hacia la fosa la amarillenta y áspera caja, pausaron para anudar dos cuerdas por debajo. Entonces rodearon las cuerdas por sus cinturas, levantando y empujando juntos desde lados opuestos, liberando lentamente las sogas, dejaron caer el cajón hacia el fondo. Terrones mojados de tierra, sueltos debido a sus esfuerzos, cayeron sobre la caja con un hueco traqueteo.

De rodillas, Carlos y el haitiano inclinaron brevemente sus cabezas. Carlos pensó en ese momento: «¿Es esto todo lo que hay al final de la vida?» Miró la caja en el foso y luego a la carreta. Por un momento, un fuerte rayo de sol irrumpió a través de las nubes, chocando con las grises y avejentadas ruedas del vagón. Casi se había ido antes que él se diera cuenta que había estado ahí. Miró a las ruedas de madera, entendiendo, por primera vez. Sin embargo, aún no había entendido del todo; necesitaba tiempo para pensar.

Después de llenar el foso con la tierra excavada, él y el haitiano se detuvieron a descansar, recargándose en las palas. La lenta lluvia había comenzado de nuevo, más fuerte, el agua goteaba de sus sombreros y corría por sus espaldas. Carlos miró al hombre, dándose cuenta de que no sabía su nombre. No era más que un haitiano. Por lo menos era la manera en que los dominicanos los veían, casi invisibles, a veces odiados.

Emilio se había ido; Carlos estaba solo. Pero ¿Quién era este hombre? ¿Sólo otro viejo, como él? Si, como él. Viejo, tal vez solo, ciertamente ignorado.

Volteando, Carlos miró a los oscuros ojos del hombre. Estaban húmedos, uno parecía ciego, blanquecino e inmóvil. Su estrecha cara era oscura y profundamente arrugada. No, no sólo oscura, sino tan negra como si tuviera un tono de azul oscuro, como muchos haitianos. El único ojo centelleó y sus blancos dientes se mostraron en una gran sonrisa mientras miraba a Carlos. Algo había cambiado.

Levantando su mano, la extendió hacia el hombre.

—Mi nombre es Carlos.

La sonrisa del hombre creció aún más mientras tomaba firmemente la mano de Carlos,

—Toussaint, a sus órdenes.

Ambos sonrieron, diciendo poco más. Toussaint hizo señas a Carlos para subir a sentarse junto a él para el regreso. Carlos negó con la cabeza, explicando que necesitaba revisar las ruedas. Toussaint se rió, encogiéndose de hombros.

Ahora que la carreta aligerada, se movía con más facilidad dirigiéndose de regreso a El Higueral, Carlos miró las ruedas. Comenzó a entender. Las ruedas eran la vida. Cuando la parte inferior de la rueda se movía hacia adelante dejando el lodo, la vida comenzaba. Cuando la rueda seguía rodando, y lo que había comenzado al fondo estaba nuevamente en el fondo, la vida terminaba. Entonces la vida comenzaba una vez más conforme el rodar continuaba.

Carlos se rió a carcajadas, moviendo sus brazos en círculos. Toussaint echó un vistazo con una mirada perpleja.

Carlos supo que su vida estaba comenzando de nuevo; la rueda de la vida se movía hacia adelante una vez más. No había terminado con Emilio. Él tenía un amigo, Toussaint. Sin embargo, un amigo no era suficiente; necesitaba más vueltas de las ruedas.

*****

THE FIRST STEP

EL PRIMER PASO

CHE FIRSC SCEP

Hello. My name is Tik. I'm a fish; at least I was until recently. Now I am becoming something else. We will get to that, be patient!

Yes, I know, fish can't write, talk or, probably, communicate in any manner. However, give me a break in this case. Let's just say I have persuaded one of you funny-looking bipedal creatures called humans to tell my story. Actually, it is a story about you. Yes, YOU! You and all the rest of you bizarre animals!

How to start? Let's go back in geologic time to the late Devonian period, about 375 million years ago. That was roughly when it all started with my many-million-times great-grandfather, the great Tiktaalik. Officially, he is now known by paleontologists as *Tiktaalik roseae*.

Many-million-greats grandfather Tiktaalik; let's just call him *Gramps*, spent his days swimming around in a warm shallow Devonian-age freshwater stream in what is now Ellesmere Island, at 80 degrees north latitude, in Nunavut, Canada. He was a handsome fellow, a predator with sharp teeth, a crocodile-like head, and a flattened body, about nine feet long. He had gills, scales, and fins, but also a mobile neck, robust ribcage, and primitive lungs. Gramps was different from other fish; his large forefins had shoulders, elbows, and partial wrists. He used these forefins to support himself on the bottom of his freshwater habitat. Gramps also had a massive pelvis, to which were attached his hindfins. He used his forefins and hindfins to walk underwater on the loose river sands or to shove his way across water-covered muddy flats in search of prey in nearby waters.

When Gramps died, as we all do, his bones were fortunately preserved as a fossil, perhaps one of the most famous fossils discovered to date. His remains were discovered by a team of paleontologists in fine-grained sediments of an ancient river delta. I have to laugh, for his nose and flat head were sticking out of the rock, looking at the men as they scrambled about searching for fossils.

Now, back to my own story. Over a long geologic time, the story of Gramps and his elbows and wrists has been passed down from one generation of us fish-folk to the next. And, as I look at my front fins, I see that my wrists are bigger and stronger than those of my predecessors. And, my hindfins are much longer and sturdier.

Boring, right? Why should I tell you all of this paleontology and geology stuff? Because what I recently did had a very great impact on YOU!

I'm not as long as Gramps. My eyes are in large bulges on the top of my head. I can float just under the water's surface, with my eyes up, looking. Often insects land on the shallow water surface; these are easy to catch. I see larger ones flying about. These I don't catch very often, except with a mighty leap, hardly worth the effort.

One day, I approached close to the shore. The murky water barely covered my body. Resting on a low plant near the waterline, back about ten feet, was a large fat-winged insect. I was hungry. I moved forward, propelling myself with my wrist fins and hindfins. Slowly, slowly I pushed and pushed. The insect was not looking at me. I moved closer, and threw my body upward, leaping, just like always. I got it; so tasty.

As I tried to swim around looking for more to eat, I realized something was wrong. I'm not in the water. I'm in a strange place. What is this I'm standing on? It's all around me.

The sun was hot on my back. I was drying out. Flopping and turning, I saw the water and rolled my body toward it. The coolness was refreshing as I slid into it. What had I just done?

Time passed. Yet, I remembered the tasty insect. How easy it was to catch. I was tempted to try again. So, I pushed myself onto this place called land, looking for other insects. Success after success, as I slowly pushed through the vegetation, left my tummy full. Then, I returned to the water. Day after day I went hunting for the big insects. It was easy now, *for I had taken that first step*. Yet, each time, I returned to the water, exhausted, for the sun was intense.

Others of my kind followed me onto land, returning to the water after sating their hunger. With time, my descendants underwent further changes, such that they no longer return to the water, or only for short periods. Their skin is different; scales have disappeared, to keep moisture in under the hot sun. The gills are gone. Their lungs are developed. The wrist-fins are now feet, and feet have grown toward the rear, as a result of pushing with those, when they were hindfins. These creatures are called tetrapods, for their four feet.

My old million-million-greats grandfather, Gramps Tiktaalik, would not recognize his land-dwelling amphibian descendants, and the humans and other mammals of today. He would be amazed by YOU, standing on your two hindfins; oops, legs.

And, *it all started with that first step that I took.*

*****

EL PRIMER PASO

Hola. Mi nombre es Tik. Soy un pez; al menos eso era hasta hace poco. Ahora me estoy convirtiendo en algo.

Si, lo sé, un pez no puede escribir, hablar o, probablemente, comunicarse de ninguna manera. Sin embargo, denme un respiro en este caso. Digamos simplemente que he persuadido a una de ustedes criaturas bípedas de aspecto gracioso llamadas humanos para contar mi historia. Es una historia sobre ti. Si ¡Tú! Tu y todo el resto de extraños animales.

¿Cómo empezar? Retrocedamos en el tiempo geológico al período Devónico tardío, hace unos 375 millones de años. Eso fue cuando aproximadamente todo comenzó con mi muchas-millones-de-veces tatarabuelo, el gran Tiktaalik. Oficialmente, ahora es conocido por los paleontólogos como *Tiktaalik roseae*.

El abuelo de muchos millones de tatarabuelos; llamémoslo simplemente *Tata*, pasó sus días nadando en una cálida corriente de agua dulce poco profunda de la era Devónica en lo que ahora es la Isla Ellesmere, a 80 grados de latitud norte en Nunavut, Canadá. Era un tipo guapo, un depredador con dientes afilados, con cabeza parecida a la de un cocodrilo y un cuerpo aplanado de unos tres metros de largo. Tenía branquias, escamas y aletas, pero también un cuello móvil, un costillar robusto y pulmones primitivos. Tata era diferente a otros peces; sus grandes aletas delanteras tenían hombros, codos y muñecas parciales. Utilizaba estas aletas delanteras para sostenerse en el fondo de su hábitat acuático. Tata también tenía una pelvis masiva, a la que estaban unidas sus aletas traseras. Utilizaba sus aletas delanteras y traseras para caminar bajo el agua en las sueltas arenas del río o para abrirse paso a través de llanuras lodosas cubiertas de agua en busca de presas en aguas cercanas.

Cuando Tata murió, como todos nosotros, sus huesos fueron afortunadamente preservados como un fósil, quizás uno de los fósiles más famosos descubiertos hasta la fecha. Sus restos fueron descubiertos por un equipo de paleontólogos en sedimentos de grano fino de un antiguo delta fluvial. Tengo que reírme, porque su nariz y plana cabeza sobresalían de la roca, mirando a los hombres mientras se apresuraban a buscar fósiles.

Ahora, volvamos a mi propia historia. Durante un largo tiempo geológico, la historia de Tata y sus codos y muñecas ha pasado de una generación de los nuestros a la siguiente. Y, cuando miro mis aletas delanteras, veo que mis muñecas son más grandes y fuertes que aquellas de mis predecesores. Y mis aletas traseras son mucho más largas y robustas.

Aburrido, ¿Verdad? ¿Por qué debería contarles todas estas cuestiones paleontológicas y geológicas? ¡Porque lo que hice recientemente tuvo un gran impacto en TI!

No soy tan largo como Tata. Mis ojos están en grandes protuberancias en la parte superior de mi cabeza. Puedo flotar justo debajo de la superficie del agua, con mis ojos en alto, mirando. A menudo, aterrizan insectos en la superficie del agua poco profunda; estos son fáciles de atrapar. Veo a los más grandes volando. A éstos no los atrapo tan a menudo, excepto con un salto poderoso, apenas vale la pena el esfuerzo.

Un día, me acerqué demasiado a la orilla. El agua turbia apenas cubría mi cuerpo. Descansando sobre una planta cercana a la línea de agua, a unos diez pies de distancia, había un gran insecto de alas gordas. Estaba hambriento. Me moví hacia adelante, impulsándome con mis aletas delanteras y traseras. Lentamente, lentamente, empujé y empujé. El insecto no me miraba. Me acerqué, y arrojé mi cuerpo hacia arriba, saltando, como siempre. Lo alcancé, muy sabroso.

Cuando intenté nadar alrededor en busca de más para comer, me di cuenta de que algo andaba mal. No estoy en el agua. Estoy en un lugar extraño ¿Qué es esto sobre lo que estoy parado? Está a mi alrededor.

El sol quemaba mi espalda. Me estaba secando. Sacudiéndome y volteando, vi el agua y rodé mi cuerpo hacia ella. La frialdad fue refrescante mientras me deslizaba hacia dentro ¿Qué acababa de hacer?

El tiempo pasó. Pero, recordé el delicioso insecto. Qué fácil fue atraparlo. Estaba tentado a intentarlo de nuevo. Entonces, me empujé hacia este lugar llamado tierra, buscando otros insectos. Éxito tras éxito, mientras me empujaba lentamente a través de la vegetación, dejé mi barriga llena. Luego, volví al agua. Día tras día fui a cazar a los grandes insectos. Ahora era fácil, *porque había dado ese primer paso.* Sin embargo, cada vez regresaba al agua exhausto, debido al sol intenso.

Otros de mi clase me siguieron a tierra, regresando al agua después de saciar su hambre. Con el tiempo, mis descendientes experimentaron más cambios, de modo que no regresaron al agua, o sólo por cortos períodos. Su piel es diferente; las escamas han desaparecido, para mantener la humedad bajo el sol caliente. Las branquias se han ido. Sus pulmones están desarrollados. Las aletas delanteras son pies ahora, y otros pies han crecido hacia la parte trasera, donde antes había aletas traseras, como resultado de empujarse con ellos. Estas criaturas son llamadas tetrápodos, por sus cuatro patas.

Mi viejo abuelo de un millón-de-millones de tatarabuelos, Tata Tiktaalik, no reconocería a sus descendientes anfibios terrestres, ni a los humanos y otros mamíferos de hoy. Estaría maravillado por TI, de pie sobre tus dos aletas traseras; ¡Ups! Piernas.

Y, *todo comenzó con ese primer paso que di.*

TITHONIUM DUST

POLVO DE TITHONIUM

TITHONIUM DUST

The glass-domed, yellow, ARES-V school bus from South Tithonium, Coprates Province, Mars, rolled along the entrenched, dusty red road leading from town to the edge of the *Valles Marineris*. A long red cloud hung behind, slowly settling. It was a quiet day, with little forecast of dust storms, just the occasional dust devil.

The bus was full of third and fourth graders, happy to be out, on a field trip. The singing and shouting would be deafening to the driver, except he was in a separate driving compartment. Elaine McGuire, session history/archeology lecturer, and Walton Gómez, Wally, Mars Science instructor were, necessarily, with the rambunctious children, also glad to get outdoors. Well, you would never go outdoors on Mars without a P-suit, *Slimhelm*, and a 16-hour rebreather. That is how all were dressed, once they left the bumping bus.

Wally, holding tightly to a support stand, waved his arms for quiet.

"We are out here to have fun, to get out of school for a day. However, it is still a school day. We will be talking about the history of the area we visit, a bit about its archeology, and the areology, or geology as it is called on Earth. There is also the environmental project. So, when we get to Valles Marineris, no running about. Stay close to us, and do not go near the edge on your own.

"Any questions?"

A small girl in a bright green P-suit, best visible on Mars for safety and visibility, raised her hand.

"Yes, Karoline, what is it?"

"Will there be a gift shop where we are stopping? I brought some money."

Elaine quickly put on her Slimhelm, unsuccessfully stifling snorting laughter.

Wally was more diplomatic.

"No, Karoline, it's like what you see now, layers of red rock and dust. No buildings, just a monument we will visit. You might keep your *ViewMore* ready; there will be good pictures. In addition, don't forget that when you get back, you will have to write a one-page summary of what you saw and what you thought about it. OK?"

"I just wanted to get something for my mother and little brother."

"That's nice of you, Karoline. Sorry, there is no gift shop."

Looking around, Elaine saw disappointment on the faces of some of the others.

***

The bus rolled to a stop in a parking area lined with rows of basaltic boulders.

"Safety check," said Elaine. "Line up. Third graders in front."

Children on Mars are not newcomers to the realities of life on the planet. They were the great-great-great-great-descendants of the early settlers, those that came after the long stage of first arrivals and exploration. They knew the dangers of not being cautious.

The Martian atmosphere is primarily composed of carbon dioxide (95%), nitrogen (2.8%), and argon (2%). Oxygen is minimal. In addition, the surface air pressure is 1% of the Earth's value, almost a vacuum. Because of its larger distance from the Sun, it receives a lower effective temperature (-82 ° F) with a daily range from -103 ° F to nearly 32 °F. In their Earth studies class, the children find it hard to comprehend a place like Florida, being on a beach with nothing to protect you but something called sunscreen.

"Communication test. Does everyone hear the beep? Good," said Elaine.

Integrity checks were performed on P-suits, Slimhelm fasteners, and rebreather functions, the children tumbled out of the bus.

"Mister Gomez, you take the third graders. I'll take the fourths, OK?"

"Sure enough."

'Follow me," said Wally. "Stay in a line and do not go past the guard rail. We will move forward as grade groups to look over the edge. You first, Miss McGuire."

Timidly, the fourth-grade students moved to the safety railing.

'Karoline, you wanted a gift shop. Isn't this better?"

"Yes, Wow! I didn't know it was so deep and wide."

"It is, isn't it? I have always been amazed by it as well. What can you tell me about it? It was in your pre-trip reading assignment."

"Well, it's big. Big and long."

"More specifically, from what you read."

"It is called Valles Marineris, discovered by and named for the Mariner 9 missions of 1971-1972, really long ago. It's a big canyon, made of layers of different kinds of volcanic ash, basalt lava flows, and other rocks. I don't recall exactly. I'm not good with numbers, but maybe nine kilometers deep and 2,500 kilometers long. It would stretch almost across the United States of the home planet Earth. The Grand Canyon on Earth is only about one-and-a-half kilometers deep and about 450 kilometers long.

"Karoline, fantastic! When we get back on the bus, I'll give you an Earth globe patch to put on your school uniform. I think your mother will like that better than a gift.".

***

By that time, Wally and the third graders had moved to the railing. Then, he and Elaine led the students to the tall basalt monument. A broad, glass dome was on a platform at its base. The children crowded around, looking down into it.

A line of faint footprints in red dust trailed from one end of the dome-protected surface to the other.

"Why are we looking at this, Mister Gomez?" said Kwando. "It's just a bunch of footprints in the dust."

"Those footprints are those of Robert Mugaba. His ancestors came to Mars from Uganda in Africa on Earth. He was the first to hike to the bottom of the Valles Marineris. He was planning to hike across the bottom and climb the other side, but it was too wide and rugged. Others did that, later. Therefore, he climbed back to the top, where you are standing. Fortunately, this area was not subjected to intense aeolian weathering by Martian winds carrying dust and sand, so today we see his footprints."

Karoline raised her *ViewMore* to the glass dome, snapping pictures.

"This is so cool. I wish we could go down like Robert Mugaba,"

"That's why we are here today, to go partway down," said Elaine. "Our project will be a trail cleanup. Over the many years since he hiked to the bottom, people have come here to duplicate his feat. Yet, as you can see, looking about, there is a lot of stuff the hikers left behind. We need to pick it up. I will be giving each of you a net and pickup tongs. Get everything that looks manmade, and put it in the net to take back to the bus."

"Won't it be dangerous?" said Kwando.

"Not if you walk carefully. The trail has been used so much that it is wide and almost smooth, with only a slight slope as far as we will be going." So, let's do it. Work as buddy teams, just as we set up in class. OK?"

***

Karoline wandered over to the area between the downward-leading trail and the glass dome with its famous footprints.

Bending over, she looked hard at the ground outside of the dome.

Footprints! I bet they are his.

She stepped into them, with as long a stride as possible, trying to keep up with Robert Mugaba.

*****

POLVO DE TITHONIUM

El autobús escolar ARES-V, amarillo, con techo de cristal de Tithonium del Sur, Provincia de Coprates, Marte, circuló sobre la atrincherada carretera roja y polvorienta que conduce desde la ciudad hasta el borde de *Valles Marineris*. Una larga nube roja flotó detrás, asentándose lentamente. Era un día tranquilo, con pocas previsiones de tormentas de polvo, sólo algun remolino de polvo ocasional.

El autobús estaba lleno de estudiantes de tercer y cuarto grado, felices de estar afuera, en una excursión. El canto y griterío serían ensordecedores para el conductor, excepto que se encontraba en un compartimiento de conducción separado. Elaine McGuire, profesora de la sesión de historia/arqueología y Walton Gómez, Wally, instructor de Ciencia Marciana estaban, necesariamente, con los revoltosos niños, contentos también de estar en el exterior. Bueno, no podrías salir nunca al exterior en Marte sin un traje-P (de presión), un *Esbeltocasco*, y un reciclador de aire de 16 horas. Esta era la forma en la que todos estaban vestidos, una vez que dejaron el autobús.

Wally, aferrándose con fuerza a un poste de soporte, agitó sus brazos pidiendo silencio.

–Estamos aquí para divertirnos, para salir de la escuela por un día. Sin embargo, sigue siendo un día escolar. Hablaremos sobre la historia del área que visitamos, un poco sobre su arqueología y de la areología, o geología como se le conoce en la Tierra. También está el proyecto ambiental. Así que, cuando lleguemos a Valles Marineris, nada de correr. Manténganse cerca de nosotros, y no se acerquen al borde por su cuenta ¿Alguna pregunta?

Una niña pequeña con un traje-P verde brillante, más visible en Marte por seguridad y visibilidad, levantó la mano.

—Si, Karoline, ¿De qué se trata?

—¿Habrá una tienda de regalos donde llegaremos? Traje algo de dinero.

Elaine se puso rápidamente su Esbeltocasco, fracasando en reprimir el resoplido de una risa.

Wally fue más diplomático.

—No Karoline, es como lo que ves ahora, capas de roca roja y polvo. No hay edificios, sólo un monumento que visitaremos. Tal vez quieras mantener tu *VerMás* listo; habrá buenas imágenes. Además, no olviden que cuando regresen, tendrán que escribir un resumen de una página acerca de lo que vieron y qué pensaron al respecto ¿De acuerdo?

—Sólo quería comprar algo para mi madre y mi hermano pequeño.

—Eso es lindo de tu parte, Karoline. Lo siento, no hay tienda de regalos.

Mirando a su alrededor, Elaine vio decepción en los rostros de algunos de los otros.

***

El autobús se detuvo en un área de estacionamiento bordeada con filas de pedruscos basálticos.

—Control de seguridad —dijo Elaine—. Fórmense. Los de tercer grado al frente.

Los niños de Marte no son nuevos a las realidades de la vida en el planeta. Eran los tatara-tatara-tatara-tatara-descendientes de los primeros colonizadores, aquellos que arribaron después de la larga etapa de las primeras llegadas y exploraciones. Conocían los peligros de no ser precavidos.

La atmósfera marciana se compone principalmente de dióxido de carbono (95%), nitrógeno (2.8%) y argón (2%). El oxígeno es mínimo. Además, la presión de aire en la superficie es del 1% del valor en la Tierra, casi un vacío. Debido a su mayor distancia del Sol, recibe una menor temperatura efectiva (-27 °C) con un rango diario de -39 °C a cerca de 0 °C. En su clase de estudios de la Tierra, a los niños les resulta difícil comprender un lugar como Florida, estar en una playa sin nada que los proteja, excepto algo llamado bloqueador solar.

—Prueba de comunicación ¿Todos escuchan el pitido? Bien —dijo Elaine.

Se realizaron controles de integridad en los trajes-P, los sujetadores de los Esbeltocascos, y las funciones de los respiradores, los niños salieron atropelladamente del autobús.

—Señor Gomez, usted lleve a los de tercer grado. Yo llevaré a los de cuarto ¿De acuerdo?

—Por supuesto.

—Síganme —dijo Wally—. Manténganse en una línea y no vayan más allá de la barandilla. Avanzaremos como grupos de grado para mirar por encima del borde. Usted primero, señorita McGuire.

Tímidamente, los estudiantes de cuarto grado se movieron hacia la barandilla de seguridad.

—Karoline, querías una tienda de regalos ¿No es mejor esto?

—¡Si, guau! No sabía que fuera tan profundo y amplio.

—Lo es ¿No? Siempre me ha sorprendido también ¿Qué podrías decirme al respecto? Fue tu tarea de lectura previa al viaje.

—Bueno, es grande. Realmente grande y largo.

—Más específicamente, de lo que leíste.

—Se llama Valles Marineris, descubierto y nombrado por las misiones Mariner 9 de 1971 a 1972, hace mucho tiempo. Es un gran cañón, hecho de capas de diferentes tipos de ceniza volcánica, flujos de lava basáltica y otras rocas. No recuerdo exactamente. No soy buena con los números, pero tal vez tiene nueve kilómetros de profundidad y 2,500 kilómetros de largo. Se extendería casi atravesando los Estados Unidos del planeta natal Tierra. El Gran Cañón en la Tierra tiene sólo un kilómetro y medio de profundidad y unos 450 kilómetros de largo.

—¡Fantástico Karoline! Cuando regresemos al autobús, te daré un parche del globo terráqueo para poner en tu uniforme escolar. Creo que a tu madre le gustará más eso que un regalo.

***

Para entonces, Wally y los estudiantes de tercer grado se habían dirigido a la barandilla. Luego él y Elaine guiaron a los estudiantes hacia el alto monumento de basalto. Una amplia cúpula de vidrio se encontraba sobre una plataforma en su base. Los niños se amontonaron alrededor, mirando hacia abajo.

Una línea de huellas apenas visible en el polvo rojo se dirigía de un extremo a otro de la superficie protegida por la cúpula.

−¿Por qué estamos mirando esto, Señor Gomez? −dijo Kwando−, es sólo un montón de huellas en el polvo.

−Esas huellas son las de Robert Mugaba. Sus ancestros llegaron a Marte desde Uganda en África, en la Tierra. Fue el primero en caminar hasta el fondo de Valles Marineris. Planeaba cruzar el fondo y subir por el otro lado, pero era demasiado ancho y accidentado. Otros lo hicieron, más tarde. Por lo tanto, escaló de regreso a la cima, donde están parados ustedes. Afortunadamente, esta área no fue sometida a un intenso desgaste eólico por los vientos marcianos que cargan polvo y arena, así que hoy podemos ver sus huellas.

Karoline levantó su *VerMás* hacia la cúpula de vidrio, tomando imágenes.

−Esto es tan genial. Ojalá pudiéramos bajar como Robert Mugaba.

−Esa es la razón por la que estamos aquí hoy, para ir a mitad de camino −dijo Elaine− Nuestro proyecto será una limpieza del sendero. A lo largo de muchos años desde que él caminó hasta el fondo, la gente ha venido aquí a duplicar su hazaña. Sin embargo, como pueden ver, mirando a su alrededor, hay muchas cosas que los excursionistas dejaron atrás. Necesitamos levantarlas. Les daré a cada uno de ustedes una red y unas pinzas. Tomen todo lo que parezca hecho por el hombre y pónganlo en la red para llevarlo con nosotros al autobús.

−¿No será peligroso? −dijo Kwando.

—No si caminan cuidadosamente. El sendero ha sido tan usado que es ancho y casi liso, con sólo una ligera pendiente hasta donde llegaremos. Así que hagámoslo. Trabajen como equipos de amigos, tal y como lo establecimos en clase ¿De acuerdo?

**

Karoline deambuló por el área entre el sendero que se dirigía hacia abajo y la cúpula de vidrio con sus famosas huellas.

Inclinándose, miró fijamente al suelo afuera de la cúpula.

«–¡Huellas! Apuesto a que son las suyas.»

Se paró sobre ellas, con la mayor zancada posible, intentó seguir el paso de Robert Mugaba.

****

A PROPER YOUNG LADY

UNA JOVEN FORMAL

A PROPER YOUNG LADY

Eliza, to this day I can't believe what I did. However, you asked me how I met your Grandpa, so I'll tell you. No one has heard this story. I always told a different one. You're old enough to know now; you're thirteen. I absolutely, truly expect that what I'm going to tell you mustn't ever pass your lips."

"My lips are sealed! Grammy, is that why Gramps laughed so hard when you told the story?"

"Yes, it was. Your Grandpa John made me so mad when he did that! I couldn't tell the real story to anyone. Never, ever! He was such a scoundrel!"

Grammy Constanza was 87 years old when she told me her long-kept secret. Short and thin, she walked about with confidence. Her age never showed in the way she moved. She had long gray hair with fine strands of black, pulled back from her face and clasped in a big bun on the back with a wide gold-rimmed tortoiseshell comb. She was all smiles and laughter, with big crinkles at the corners of her eyes and mouth, her hair bun bobbing up and down. And, those blue eyes astride her longish thin nose. How they twinkled when she talked about Gramps.

Sitting on the green garden bench, she smoothed her full dress and apron and motioned me next to her.

***

"It was 1925. I had moved to Milwaukee looking for a job. What kind of work could a twenty-year-old farm girl find? My parents hadn't wanted me to leave. They said the city was not a good place for a girl. However, we had little money and they needed help. I was the oldest of four girls; there were no brothers, so that was that.

"I got a job in a shirt factory. The pay wasn't much, but there was a nice inexpensive boarding house nearby. Young men and women, mostly factory workers, but some teachers also, lived there.

"It was a big old, three-story house, split down the middle, with a front porch entrance for men on one side and women on the other. It wasn't like today, Eliza, what with the things your older sisters and brothers do! Things were proper then."

"Well, I'll be proper, Grammy. I want to be just like you!"

"Just like me? Ha! We'll see!

"Mrs. Cornell, was that her name? Yes. She lived on the women's side on the first floor and watched over us. She shared her side with a family who kept to themselves. We lived on the second and third floors.

"A big dining room was on the other side of the first floor, below the men's rooms. We gathered at long tables to eat breakfast and supper. Mrs. Cornell was at each meal, 'watching her children,' we said."

"What about Gramps?"

"Yes, yes! I'll get to your Grandpa. Humph, what a rascal!

"There were common bathrooms on the second and third floors, located between the men's and the women's sides, a door on each side. Using a bathroom, you knocked loudly. If no one answered and the door wasn't locked, you went in, locking both doors. You had to be careful, a man forgot to lock the women's side door and fell asleep in the tub one night. What a commotion!"

"That must have been so funny!"

"Yes, it was. Now, one day before supper there was a big buzz on the women's side of the boarding house. Such a lot of talk was going on!

"Did you see the new fellow?' one girl asked.

"Yes, he just moved in,' someone said. 'I saw him bring in his bags. He is so handsome!' "

"What did you think of him Grammy?"

"I'll get to that, young lady. There's more to tell, stop interrupting!

Sally MacDougall found out his name was John Dorian, from Rochester, New York. He was a history teacher at the high school."

"That's Gramps!"

"Yes, that night was the first time I saw your Grandpa. Everyone was gathering at the tables for supper. Mrs. Cornell's cook, Martha, was bringing in the food. Such cooking! No other boarding house had food like this. For that reason, the rooms were usually taken.

"There were big platters of roast beef, with green beans, squash, baked apple rings with brown sugar and cinnamon on top, mashed potatoes, the richest gravy you can imagine, and big baskets of hot yeasty rolls. In addition, the desserts, My, My!

"I sat down in my usual place. The room was filled with hungry workers and teachers. A low murmur began among the women. John walked in, looked about, and sat down, not quite across from me, one seat to the left. His dark fierce black eyes glanced at me from beneath protruding bushy black eyebrows; then he looked away. I could hardly eat; I understood the buzzing.

"How many of us young women didn't go back to our rooms that night and dream about him? I certainly did! You have seen his pictures; you know what I mean.

He was so tall, with an assured and even pace. Even the men reacted to his presence."

"What did he look like, Grammy."

"His face was angular, with tight skin and high cheekbones. On it was a very kind and friendly expression. He had broad shoulders and strong and sinewy hands.

"As he reached for the platter of roast beef, he caught me watching and smiled. I about slid under the table.

"Eliza, it was the eyes. They were so black, as dark as the shiny ringleted hair that framed his face. When he looked at me, they did not waver; they were the fiercest, most dangerous eyes I could have imagined. I couldn't look at him, but for glances, as I ate or asked for a bowl of green beans or squash.

"Then he rose, excused himself, and departed. How long I sat there and chewed on my mashed potatoes, I don't know. You don't chew mashed potatoes, but I was in a trance."

"Grammy, I think you were in love!"

"Well, maybe not right away, but I sure was flustered when he looked at me. Now, where was I?

"Oh, Yes. Boarding house life continued with little change, except at suppertime. There was almost a stampede each night as the girls tried to anticipate where John would sit. They made absolute fools of themselves, but he seemed not to mind. He talked to them like he had known them all his life. He even entranced Mrs. Cornell and Martha. They gave him so many little food treats that I wondered how he stayed so trim.

"He played tricks on the other guys as we ate. They gave it right back to him with a lot of laughter. The dining room was never the same.

**

"One day I came home exhausted. Something had gone wrong with the sewing machine I used. It was so out of alignment that it would grab the material and run away with it, stitching haphazardly here, then there. I spent a hot humid afternoon waiting for the machine to be repaired and ripping bad seams from the shirts. They paid by the piece, and the supervisor never blamed the machine. I was very tired, hot, and depressed.

"Trudging up the front porch stairs, I went inside by the women's door. There was a long staircase to the second floor, turning as it went up. At the top, I heard a deep male voice singing a melancholy Irish song. The words were so beautiful, and the singer was wonderful. I paused and then moved down the long hallway to better hear. The song came from the bathroom. Looking about, no one was near. I edged closer to the door to listen. Who might it be? Oh, Oh! He forgot to completely close the door on the ladies' side. There was a small crack.

"To this day, Eliza, I can't believe what I did. Mind you, these were proper times. I was a good, decent farm girl. Yet, I put my eye to the crack and looked in to see who was singing. It was John, all lathered up with soap, sitting in the tub."

"Grammy!"

"Yes, a bit different than the story I always told, isn't it?

"Well, enough girl! I said to myself. You shouldn't be doing this. I turned away and prepared to run down the hall when he called out.

'Miss Morton, how are you?' he said.

119

"I didn't say a word.

"He called again, 'Miss Morton, I know it's you. I can tell by the quiet way you walk.'

"Eliza, I was petrified. I didn't know what to do. Running was what I wanted, but his voice wouldn't let me. I just stood there, a statue in the hallway.

"Miss Morton, I sense you like my singing. Why not come in and join in with a chorus or two?' he laughed.

"What had I got myself into?

"Come on, open the door a bit so I can see you.'

"Eliza, I wanted to say, 'No Way!' like you kids say nowadays. But, I didn't, I couldn't, he had me.

"So, I cracked the door open a bit and looked in. He was still in the tub, a smile on his face and those fierce black eyes burning into me."

"Grammy, I can't believe you did that"

"Yes, Yes. Let me continue.

"He said, 'You should come in all the way. Someone will spot you. Someone is coming up the stairs now. Come in; lock the door,'

"He was right, and she was just about to make the turn. Nowhere to go, I stepped into the bathroom, my heart beating as fast as a bird's.

"There he sat, smiling, so smug.

"Sit down Miss Morton, make yourself at home.'

"What was I doing here? I had to get out. It was impossible. I could hear other girls coming up the stairs, going to their rooms.

"I sat down. He continued to wash, glancing at me now and then.

"Did you like the song?' he asked.

"Oh, it was wonderful. Your voice is quite nice, I whispered.

"Then, he stood up and began to pour water on his head, rinsing off."

"Grammy, that is so embarrassing!"

"Shush, girl. I'm not finished. Do you want to hear what happened or not? You're thirteen, almost fourteen. It's time to learn about men.

"I remember so well. My eyes moved over his body. Eliza, he was beautiful. The muscles on his neck and shoulders and chest flexed as he rinsed himself. The smile was still there as he looked at me with those eyes.

"Then, at least it seemed to be that way, I woke up in my room. I was in bed. It had been a dream, just like those that we girls had about him. Except that Sally was wiping my face with a cold cloth. I struggled to get up.

"Now, now, Connie lay still. You fainted. John called for help and carried you up to your room. You lucky girl! Wet and just wearing his pants, and you, limp in his arms.'

"Dizzy and mortified, I lay back and rested. I couldn't go to supper that night; I couldn't face them. They knew what happened. I certainly couldn't look at John. Sally brought some soup and rolls that Martha had given her. I just wasn't hungry.

"In the morning I waited until most of the girls were gone. Martha had saved some breakfast for me, which I ravenously ate.

"With my strength back, I went to work, late. I spent the day at a different sewing machine but was not very productive. My mind was still on last night. It was not going to be a good payday.

***

"While glad to be going home, I didn't look forward to supper. Yet, it was either starve or go. Ten hours in a shirt factory makes a person quite hungry.

"Bravely I pulled myself together and went into the dining room, not looking at anyone. Yet, I felt them looking. I was so embarrassed. And, by dallying, while trying to work up my nerve, there was just one seat left. John sat there, directly across from me, with that horrid smile. Everyone seemed to be looking at me, grinning. What did they know? He must have told them! I bent my head to give Grace and never looked at him.

"Eliza, it's hard to ask others to pass the food if you don't look at them. And, most of the time, he seemed to be passing the platters and bowls to me. Those black eyes kept looking at me, the smile teasing. My eyes danced, pirouetted, looked up, looked down, and looked sideways, any way to avoid looking at him.

"I glanced at him, and he mouthed: 'I'm Sorry,' and smiled at me. How could I resist? I smiled back and lowered my eyes to the meal. That's how we met. You're the only one who knows the story."

"Grammy, that's so romantic! I'm so glad you told me your secret. Wow!"

"But, you don't know all of it yet."

"Grammy, you have to tell it all to me! You promised. I can keep a secret!"

"Well, it wasn't long before everyone sensed there was something between us. We always sat together for breakfast and supper. We used to sit on the front porch on the big swings that overlooked the street, talking and laughing. It was on one of those swings that he asked me to marry him."

"Grammy quit it! I know there's more. Tell me the rest."

With tears suddenly running down her face and looking far into eternity, she said, "When he was dying, he looked at me with those black eyes and smiled. They were no longer fierce, just filled with love. Here is what he said to me.

"Miss Morton, I've kept a secret from you for a long time. It's time to tell you. When you fainted in the boarding house bathroom, I jumped up, put on my pants, carried you through the door, and began to shout that you had fainted. Sally came running. I told her that when I was taking a bath I heard someone fall against the door. I opened the door and there you were on your side. I said to Sally, I guess it must have been a very hot day at the factory.'

"Eliza, he was a gentleman. He never told anyone what happened. Yet, he was a rascal to the end. I think he liked to see me so embarrassed when I told the other story to the family. Oh! I hated him, and I loved him so!"

Laughing, "As for you young lady, here's some advice. Watch out for tall handsome, black-eyed smiling men in bathtubs!"

"Grammy, that wouldn't be proper!"

*****

UNA JOVEN FORMAL

Eliza, hasta ahora no puede creer lo que hice. Sin embargo, me preguntaste cómo conocí a tu abuelo, así que te lo diré. Nadie ha escuchado esta historia. Siempre cuento una diferente. Tienes la edad suficiente para saberlo ahora; tienes trece años. Yo absolutamente, verdaderamente espero que lo que voy a decirte nunca salga de tus labios.

–¡Mis labios están sellados! Abuela ¿Es por esa razón que el Abuelo rió tanto cuando contaste la historia?

–Si, por eso fue ¡Tu Abuelo John me hizo enojar tanto cuando lo hizo! No podía contarle la historia real a nadie. Nunca ¡Nunca! ¡Fue tan sinvergüenza!

La Abuela Constanza tenía 87 años cuando me contó su secreto largamente guardado. Baja y delgada, caminaba con confianza. Su edad nunca se reflejó en la forma en la que se movía. Tenía largo cabello gris con finos mechones negros, recogido de su cara y sujetado en un gran moño por detrás con una ancha peineta de carey con borde dorado. Ella era toda sonrisas y risas, con grandes arrugas en las comisuras de sus ojos y boca, el moño de su cabello se balanceaba hacia arriba y hacia abajo. Y, esos ojos azules se montaban sobre su larga y delgada nariz. Cómo centelleaban cuando hablaba del Abuelo.

Sentada en el banco verde del jardín, se alisó el vestido completo y el delantal y me invitó junto a ella.

***

–Corría el año 1925. Me había mudado a Milwaukee en busca de un trabajo ¿Qué tipo de trabajo podría encontrar una campesina de veinte años? Mis padres no habían querido que me fuera. Dijeron que la ciudad no era un buen lugar para una chica. Sin embargo, teníamos poco dinero y necesitaban ayuda. Yo era la mayor de cuatro hijas; no había hermanos, así que eso fue todo.

–Conseguí un trabajo en una fábrica de camisas. La paga no era mucha, pero había una pensión agradable y barata cerca. Hombres y mujeres jóvenes, en su mayoría trabajadores de fábricas, también algunos maestros, vivían ahí.

–Era una casa de tres pisos grande y vieja, dividida por la mitad, con un pórtico frontal con entrada para los hombres en un lado y para las mujeres en otro. No era como ahora, Eliza ¡Qué con las cosas que hacen tus hermanas y hermanos mayores! Las cosas eran formales en ese entonces.

–Bueno, yo seré formal, Abuela ¡Quiero ser como tú!

–¿Tal como yo? ¡Já! ¡Ya veremos!

–La señora Cornell ¿Era ese su nombre? Si. Ella vivía en el lado de las mujeres en el primer piso y nos vigilaba. Compartía su lado con una familia que lo tenía para ellos mismos. Nosotros vivíamos en el segundo y tercer piso.

–Un gran comedor se encontraba al otro lado del primer piso, debajo de las habitaciones de los hombres. Nos reuníamos en largas mesas para desayunar y cenar. La señora Cornell estaba en cada comida, "vigilando a los niños", decíamos.

–¿Y qué del Abuelo?

–¡Si, si! Ya llegaré a tu Abuelo ¡Ah, vaya mocosa!

–Había baños comunes en el segundo y tercer piso, ubicados entre los lados de los hombres y de las mujeres, con una puerta a cada lado. Para usar un baño, debías tocar fuertemente. Si nadie respondía y la puerta o estaba asegurada, podías entrar, asegurando ambas puertas. Debías tener cuidado, una noche un hombre olvidó asegurar la puerta del lado de las mujeres y cayó dormido en la bañera ¡Vaya conmoción!

–¡Eso debió ser muy gracioso!

–Si, lo fue. Ahora, un día antes de la cena había un fuerte revuelo en el lado de las mujeres de la pensión ¡Mucha plática estaba ocurriendo!

–¿Viste al nuevo compañero? –preguntó una chica.

–Si, acaba de mudarse –alguien dijo–. Lo vi metiendo sus maletas ¡Es tan guapo!

–¿Qué pensaste de él Abuela?

–Llegaré a eso jovencita. Hay más por contar ¡Deja de interrumpir!

–Sally MacDougall descubrió que su nombre era John Dorian, de Rochester, Nueva York. Era profesor de historia en la escuela secundaria.

–¡Ese es Abuelo!

–Si, esa noche era la primera vez que veía a tu Abuelo. Todos se estaban reuniendo en las mesas para cenar. La cocinera de la señora Cornell, Martha, estaba trayendo la comida ¡Vaya forma de cocinar! Ninguna otra pensión tenía comida como esta. Por esa razón, las habitaciones estaban usualmente ocupadas.

−Había grandes platos de carne asada, con frijoles verdes, calabacines, aros de manzana horneados con azúcar morena y canela encima, puré de papas, la salsa más deliciosa que puedas imaginar, y grandes canastas de esponjosos rollos calientes de levadura. Además, los postres ¡Ay, ay!

−Me senté en mi lugar habitual. La sala estaba llena de trabajadores y maestros hambrientos. Un bajo murmullo comenzó entre las mujeres. John entró, miró a su alrededor, y se sentó, no precisamente frente a mí, a un asiento hacia la izquierda. Sus ojos negros y feroces me echaron un vistazo debajo de densas y protuberantes cejas negras; luego miró hacia otro lado. Yo casi no pude comer; entendí el revuelo.

−¿Cuántas de las jóvenes mujeres no regresamos esa noche a nuestras habitaciones y soñamos con él? ¡Yo ciertamente lo hice! Has visto sus fotografías; sabes a lo que me refiero. Era tan alto, con un caminar seguro y tranquilo. Incluso los hombres reaccionaron a su presencia.

−¿Cómo se veía, Abuela?

−Su rostro era anguloso, de piel tensa y pómulos altos. En ella había una expresión muy amable y amistosa. Tenía hombros anchos y manos fuertes y correosas.

−Al alcanzar el plato de carne asada, me sorprendió mirando y sonrió. Casi me deslicé bajo la mesa.

−Eliza, eran los ojos. Eran tan negros, tan oscuros como el brillante cabello rizado que enmarcaba su rostro. Cuando me miró, no titubearon, eran los más feroces, más peligrosos ojos que pude haber imaginado. No podía mirarlo, sólo por vistazos, mientras comía o pedía por un tazón de judías verdes o calabacines.

—Entonces se levantó, se disculpó y salió. Por cuánto tiempo estuve sentada y mastiqué mi puré de papas, no lo sé. No masticas el puré de papas, pero estaba en un trance.

—Abuela ¡Yo creo que estabas enamorada!

—Bueno, tal vez no al momento, pero ciertamente estaba conmocionada cuando me miró. Ahora ¿Dónde estaba?

—Ah sí. La vida en la pensión continuó casi sin cambios, excepto a la hora de la cena. Había casi una estampida cada noche cuando las chicas intentaban anticipar dónde se sentaría John. Se volvían absolutamente tontas, aunque a él parecía no importarle. Hablaba con ellas como si las hubiera conocido de toda su vida. Incluso fascinaba a la señora Cornell y Martha. Le daban tantos pequeños obsequios de comida que me preguntaba cómo podía mantenerse tan delgado.

—Gastaba bromas con los otros chicos mientras comíamos. Y ellos lo recompensaban con muchas risas. El comedor no volvió a ser el mismo.

***

—Un día llegué a casa exhausta. Algo había fallado con la máquina de coser que utilizaba. Estaba tan desalineada que agarraba el material y corría con él, dando puntadas caprichosamente aquí, luego allá. Pasé una calurosa y húmeda tarde esperando a que la máquina fuera reparada y arrancando malas costuras de las camisas. Pagaban por pieza, y el supervisor nunca culpó a la máquina. Estaba muy cansada, acalorada y deprimida.

−Subiendo fatigosamente las escaleras del pórtico frontal, entré por la puerta de las mujeres. Había una larga escalera hacia el segundo piso, girando a medida que subía. En la parte superiror, escuché una profunda voz masculina cantando una melancólica canción irlandesa. Las palabras eran tan bellas, y el cantante era maravilloso. Me detuve y me moví por el largo corredor para escuchar mejor. La canción venía del baño. Inspeccionando, no había nadie cerca. Me acerqué lentamente a la puerta para escuchar ¿Quién podría ser? ¡Oh, oh! Él había olvidado cerrar completamente la puerta del lado de las mujeres. Había una pequeña grieta.

−Hasta hoy, Eliza, no puedo creer lo que hice. Imagina, eran tiempos formales. Yo era una chica de granja buena y decente. Sin embargo, puse mi ojo en la grieta y miré adentro para ver quien cantaba. Era John, cubierto de espuma de jabón, sentado en la bañera.

−¡Abuela!

−Si, un poco diferente a la historia que siempre he contado ¿No?

−Bueno ¡Suficiente niña! −me dije−, no deberías estar haciendo esto. Me alejé y me preparaba a bajar al salón cuando él me llamó.

−Señorita Morton ¿Cómo está? −dijo él.

−No dije una palabra.

−Llamó de nuevo. −Señorita Morton, sé que es usted. Puedo asegurarlo por la forma callada en la que camina.

−Eliza, estaba petrificada. No sabía qué hacer. Correr era lo que quería, pero su voz no me dejaba. Simplemente me quedé ahí, una estatua en el corredor.

—Señorita Morton, tengo la impresión de que le gustó mi canto ¿Por qué no entra y me acompaña con un coro o dos? –rió.

—¿En qué me había metido?

—Vamos, abra la puerta un poco para que pueda verla.

—Eliza, quería decir ¡De ninguna manera! Como dicen ustedes los chicos de ahora. Pero no lo hice, no podía, él me tenía.

—Así que, abrí un poco la puerta y miré adentro. Él aún permanecía en la bañera, con una sonrisa en su rostro y esos feroces ojos negros me abrasaban.

—Abuela, no puedo creer que hicieras eso.

—Si, sí. Déjame continuar.

—Él dijo: –Debería entrar completamente. Alguien podría detectarla. Alguien está subiendo las escaleras ahora. Entre, cierre la puerta.

—Estaba en lo correcto, y ella estaba a punto de pasar el giro. No había donde ir, entré al baño, con el corazón latiendo tan rápido como el de un pájaro.

—Ahí estaba sentado, sonriendo, tan engreído.

—Siéntese señorita Morton, siéntase como en casa.

—¿Qué estaba haciendo ahí? Tenía que salir. Era imposible. Podía escuchar a las otras chicas subiendo las escaleras, yendo a sus habitaciones.

—Me senté. Continuó lavándose, mirándome de vez en cuando.

—¿Le gustó la canción? –preguntó.

–Oh, fue maravillosa. Su voz es muy linda –susurré.

–Entonces se levantó y comenzó a verter agua sobre su cabeza, enjuagándose.

–¡Abuela, eso es tan vergonzoso!

–¡Calla niña! No he terminado ¿Quieres escuchar lo que pasó o no? Tienes trece, casi catorce. Es tiempo que aprendas sobre los hombres.

–Lo recuerdo tan bien. Mis ojos recorrieron su cuerpo. Eliza, era hermoso. Los músculos en su cuello y hombros y el pecho se flexionaron mientras se enjuagaba. La sonrisa seguía ahí mientras me miraba con esos ojos.

–Entonces, al menos así lo pareció, me desperté en mi habitación. Estaba en la cama. Había sido un sueño, justo como aquellos que las chicas tenemos sobre él. Excepto que Sally estaba limpiando mi cara con un paño frío. Luché por levantarme.

–Espera, espera, Connie, quédate acostada. Te desmayaste. John pidió ayuda y te cargó hasta tu habitación ¡Chica afortunada! Mojado y sólo vistiendo sus pantalones, y tú, flácida en sus brazos.

–Mareada y mortificada, me recosté y descansé. No podría ir a cenar esa noche; no podría enfrentarlo. Ellos sabían lo que había sucedido. Ciertamente no podría mirar a John. Sally trajo algo de sopa y rollos que Martha le había dado. Simplemente no tenía hambre.

–Por la mañana, esperé hasta que la mayoría de las chicas se hubieran ido. Martha había guardado algo de desayuno para mí, el cual comí vorazmente.

—Con mis fuerzas recuperadas, fui a trabajar, tarde. Pasé el día en una máquina de coser diferente, pero no fue muy productivo. Mi mente estaba aún en la noche anterior. No iba a ser un buen día de pago.

***

—Aunque me alegraba por regresar a casa, no anhelaba la cena. Sin embargo, era morir de hambre o ir. Diez horas en una fábrica de camisas puede hacer a una persona muy hambrienta.

—Valientemente, reuní esfuerzos y fui hacia el comedor, sin mirar a nadie. Sin embargo, los sentí mirándome. Estaba tan avergonzada. Y, por perder el tiempo, mientras trataba de controlar mis nervios, sólo quedaba un asiento libre. John estaba sentado ahí, directamente frente a mí, con esa hórrida sonrisa. Todos parecían mirarme, sonriendo ¿Qué era lo que sabían? ¡Seguramente él les había dicho! Giré mi cabeza para dar gracias y nunca mirarlo.

—Eliza, es difícil pedir a otros para que te pasen la comida si no los miras. Y, la mayor parte del tiempo, él parecía pasarme los platos y cuencos. Esos ojos negros se mantenían mirándome, la sonrisa provocadora. Mis ojos bailaron, piruetearon, miraron hacia arriba, miraron hacia abajo y miraron hacia los lados, de cualquier forma, para evitar mirarlo.

—Eché un vistazo hacia él, y él habló con sus labios, silencioso:

—Lo siento —me sonrió.

—¿Cómo podría resistirme? Le devolví la sonrisa y bajé mis ojos hacia la comida. Así nos conocimos. Eres la única que sabe la historia.

—¡Abuela, eso es tan romántico! Estoy tan contenta de que me hayas contado tu secreto ¡Guau!

132

—Pero aún no sabes todo.

—¡Abuela, tienes que contármelo todo! Lo prometiste ¡Puedo guardar un secreto!

—Bueno, no pasó mucho para que todos se dieran cuenta que había algo entre nosotros. Siempre nos sentábamos juntos para el desayuno y la cena. Solíamos sentarnos en el pórtico frontal en los grandes columpios que miraban hacia la calle, hablando y riendo. Fue en uno de esos columpios que me pidió que me casara con él.

—¡Abuela déjalo! Sé que hay más. Cuéntame el resto.

Con lágrimas que rodaron súbitamente por su cara y mirando lejos hacia la eternidad, dijo:

—Cuando estaba muriendo, me miró con esos ojos negros y sonrió. No eran feroces ya, sólo llenos de amor. Esto fue lo que me dijo:

—Señorita Morton, he guardado un secreto por mucho tiempo. Es momento de decírtelo. Cuando te desmayaste en el baño de la pensión, me levanté de un salto, me puse los pantalones, te cargué a través de la puerta, y comencé a gritar que te habías desmayado. Sally vino corriendo. Le dije que cuando estaba tomando un baño, escuché que alguien había caído golpeando la puerta. Abrí la puerta y ahí estabas tu de costado. Le dije a Sally, que suponía que había sido un día muy caluroso en la fábrica.

—Eliza, él era un caballero. Nunca le dijo a nadie lo que había sucedido. Sin embargo, él era un sinvergüenza hasta el final. Creo que le gustaba verme tan avergonzada cuando contaba la otra historia a la familia ¡Oh! ¡Lo odiaba y amaba tanto!

—Riendo—, En cuanto a ti, jovencita, aquí hay un consejo ¡Cuidado con los hombres guapos y sonrientes de ojos negros en bañeras!

—Abuela ¡Eso no sería apropiado!

*****

THE PULLING

EL TIRÓN

THE PULLING

It was not noticeable at first. Research by an obscure statistician-physicist provided the first clue. His report on the subject was long lost in the data storage warehouse of his institution, buried along with those of others.

How much valuable scientific knowledge is placed in file cabinets or boxes or stored on computer memories? Later, the paper is recycled or the storage-recording device is wiped clean or no longer readable either due to electronic media storage-decay or equipment obsolescence; a person's life-long studies, are gone, knowledge generated and lost.

In this case, Citizen David Hennsworth found the thin folded document between the yellow and brittle pages of an ancient technical book addressing rather esoteric areas of early physics. As he considered various books for energy-resource recycling, it fell out onto the floor.

***

James Henry Worthington was the researcher of what David would eventually call, *The Pulling*. The date of the report was December 20, 3115. He casually read the document prepared by the long-dead Worthington, while taking a break from cleaning out the old library. Such places were anachronisms in an age of computation that had started long ago. All information was now efficiently stored and readily accessible. However, much knowledge needed to be gleaned from these books. Omnipresent robocomputers in crumbling libraries scanned and manipulated the books, then disposed of them in massive portable energy generators positioned outside. Final reviews of the books before disposal were conducted by humans.

David was a hobby physicist, one dabbling in the subject. True physicists or, in fact, other scientists, did not exist; sentient computers did such work. However, he enjoyed picking up the old books and seeing where ideas and concepts came from. The relationship between the frozen past and the ever-racing future fascinated him.

The title of Worthington's work was rather obscure, *Human Height Diminishment Due to Pull*. David thought to himself that this was certainly a strange topic, carefully turning the crackling pages of the yellowed text. It was a statistical study, gradually moving into impenetrable physics calculations.

David slowly read the abstract and the conclusions, skipping the core text, as it was incomprehensible. The report did not arrive at any recommendations; it simply presented what Worthington had observed, tested statistically, and then reported, only partially comprehending the implications of what he had found.

***

According to Worthington, sometime during the period 2025 to 3100, the average height of humanity, male and female, as well as that of all races, had slowly, inexplicably, stopped increasing, and then stagnated at a certain level. Before this, historically, attributable to better food and health, humans had been increasing in stature. By 2100, or, perhaps, at some slightly earlier date the rate of growth, height-wise, had slowed down. Unfortunately, Worthington's research stopped, either with his death or with the writing of the report.

Very curious, thought David. Moreover, what about since 3100? What about now, in the year 10,436?

With these questions, he began to accumulate information from the vast worldwide network of computers. When the computer managers, themselves computers, requested entry of his reason for obtaining the data, he entered "Hobby Physics." Only sentient computers, *sensocomps*, conducted "true" scientific investigations, not hobbyists.

David was not trying to hide anything; he was a hobbyist, nothing more. Yet, he was intelligent and all citizens had the right to computer access to information. If he had known what he would find, he might have considered what to do beyond his curiosity.

***

Using Worthington's procedures, he conducted further statistical analysis and determined not only were humans not growing in stature since 3100, but they were also very slowly becoming smaller. He wondered, are humans the only creatures not growing? Further queries to the computers provided more height data; all animals were shorter.

What about plants and inanimate objects? It was hard to tell. Vegetation was certainly smaller. However, there was a rash of technical reports about the need to resurvey the elevations of large mountains, which comp-surveyors were now doing. Natural weathering, due to biological, chemical, and physical processes, had been sufficient, causing the slow lowering of massive mountains' height. At least, that was the *comp-geologists'* conclusion, and David thought this to be the most logical. However, one afternoon, slowly sipping a beer at *McLaughlin's Olde Draught House*, he drifted into full awareness as to what had happened to the mountains. They were diminishing in size for the same reasons as organisms. Yet, what was this reason?

Returning to his study, David took a hard look at his plots of the trends in height. A long-term decline was in effect. Why? What was causing this?

Perhaps, he thought, the answer is in the title of Worthington's report, *Human Height Diminishment Due to Pull*. Pull? What pulls? Pulls up? Pulls sideways? Pulls down? Down!

Gravity!

Gravity, the known, and the unexplained. It was obvious. However, how to check on his suspicion as to this being the cause? Moreover, what was causing the mass of the earth to increase, increasing gravity? Absorption of energy? After all, $E=MC^2$. Energy from where?

***

David's first step was to ask the computers for information concerning gravity measurements throughout the world. Nothing was apparent in the data. Then, he asked the computers for long-term gravity measurements at established locations scattered across the globe.

These measurements showed an increase in gravity since, approximately, the year 1995. Over the last 8,441 years, the average force of gravity at the surface of the earth had slowly increased. Comparisons of the height of organisms showed an almost direct correlation with the increase in gravity. The correlation with mountain elevations was somewhat fuzzy, but was also there, at a higher rate, probably due to the addition of the weathering component.

Puzzled, David reflected on his height: a bit more than five feet one inch (old units). Most men were of this size. Asking the computers, he found that men in 1995 averaged approximately five feet six inches. If there is a trend, it meant men had diminished in height at the rate of 0.00059 inches per year since 1995.

"Is this meaningful? Alternatively, am I just a short person," he asked. However, if my calculations are correct, how small will we get? David considered. Should I write a report? Will the world believe me, a hobbyist?

Fearful of criticism, David never published the results of his investigation. Computers were in charge; scientific hobbies were just pastimes. His work was lost, along with Worthington's report.

***

It is now the year 100,000. The doomsayers came once again, as they always do for millennium changes, in this case, the "Super-Duper Millennium," saying the world was ending or due to experience enormous changes. Little did they know changes had been going on for a long time!

A colorfully dressed man, of average height for his time, happily admired his children frolicking about on the pseudo-lawn. Quaffing a dark foamy beer while sitting on a wide stool, he faced the sun, enjoying the warmth on his round moon-like face.

He was one foot tall and a bit under four-feet wide, standing on short barrel legs.

***

The doomsayers of the year 100,000 were correct, although they missed the supposed "doom" by 13,465 years.

At that time, in the year 113,465, the colonizers arrived. Earth was now acceptable to their heavy-gravity form of life. Over 111,170 years, unknown to humankind, the Riella-forming of earth had been underway, by slowly transferring energy to the earth's core where a related

Riellian process downgraded the energy to mass, increasing earth's gravity.

As the large golden Riellian spaceship slowly descended onto the plain, the amazed inhabitants of the white low-rise city came out and looked upward. Humans had achieved space travel in the solar system, but never with a craft as large as this one. Was it one of theirs, something new?

A door on the spaceship opened. A small enclosed chamber snapped out and moved down along rails to the ground. Out glided, almost amoeba-like, a group of Riellians.

They were short and quite wide, approximately eight-and-one-half inches tall. Holding out long silvery arms with four-fingered pale orange hands in a sign of friendliness, they approached the massed humans.

The two groups of people stopped and stood a few feet apart, looking each other in the eyes, smiling in their manner.

*****

EL TIRÓN

Al principio no se notaba. La investigación realizada por un obscuro físico-estadístico proveyó la primera pista. Su reporte sobre el asunto había estado perdido durante mucho tiempo en la bodega de almacenamiento de datos de su institución, enterrado junto con los de otros.

¿Cuánto conocimiento científico valioso es colocado en gabinetes de archivo o cajas o almacenado en memorias de computadora? Más tarde, el papel es reciclado o el dispositivo de almacenamiento de grabación limpiado, o ya no es posible leerlo más debido al deterioro de almacenamiento de los medios electrónicos o a la obsolescencia del equipo; los estudios de toda la vida de una persona se van, conocimiento generado y perdido.

En este caso, el ciudadano David Hennsworth encontró el delgado documento doblado entre las amarillas y quebradizas páginas de un antiguo libro técnico el cual abordaba poco más que áreas esotéricas de la física temprana. Mientras él revisaba varios libros para el reciclado de fuentes de energía, cayó al piso. James Henry Worthington era el investigador de lo que David llamaría eventualmente "El Tirón". La fecha del reporte era del 20 de diciembre de 3115. Leyó casualmente el documento preparado por el difunto Worthington, mientras tomaba un descanso de la limpieza de la vieja biblioteca. Tales lugares eran anacronismos en una era de la computación que había iniciado hacía mucho tiempo. Toda la información era ahora eficientemente almacenada y accesible al momento. Sin embargo, mucho conocimiento necesitaba ser extraído de esos libros. Las *robo-computadoras* omnipresentes en bibliotecas derruidas escaneaban y manipulaban los libros, luego los desechaban en masivos generadores de energía portátiles ubicados afuera. Las revisiones finales de los libros antes de su eliminación eran realizadas por humanos.

David era un físico aficionado, uno que incursionaba en el asunto. Los verdaderos físicos o, de hecho, otros científicos, no existían; las computadoras conscientes hacían ese trabajo. Sin embargo, él disfrutaba recoger los viejos libros y mirar de dónde venían las ideas y conceptos. La relación del pasado congelado con el imparable futuro le fascinaba.

El título del trabajo de Worthington era bastante oscuro: *"La disminución de la estatura humana debido al tirón"*. David pensó para si mismo, volteando cuidadosamente las crujientes páginas del amarilleado texto, que éste era ciertamente un tópico extraño. Era un estudio estadístico, el cual se movía gradualmente en impenetrables cálculos físicos.

David leyó lentamente el resumen y las conclusiones, saltando el centro del texto, ya que era incomprensible. El reporte no llegaba a ninguna recomendación, simplemente presentaba lo que Worthington había observado, evaluado estadísticamente y luego reportado, comprendiendo sólo parcialmente las implicaciones de lo que había encontrado.

***

De acuerdo con Worthington, en algún momento durante el período de 2025 a 3100, la altura promedio de la humanidad, masculina y femenina, así como de todas las razas, había lentamente, inexplicablemente, parado de aumentar, y se había entonces estancado a un cierto nivel. Antes de esto, históricamente, los humanos habían estado incrementando en estatura, debido a una mejor alimentación y salud. Para el año 2100, o, quizás, en una fecha ligeramente reciente, la tasa de crecimiento, en cuanto a la altura, se había ralentizado

Desafortunadamente, la investigación de Worthington se detuvo, ya fuera por su muerte o con la escritura del reporte.

«Muy curioso», pensó David. «Además ¿Qué ha pasado desde 3100? ¿Qué pasa ahora, en el año 10,436?».

Con estas preguntas, comenzó a acumular información de la vasta red mundial de computadoras. Cuando las computadoras encargadas solicitaron su razón para obtener los datos, ingresó: "Física de Afición". Sólo las computadoras sintientes, *sensocomps*, conducían las "verdaderas" investigaciones científicas, no los aficionados.

David no estaba tratando de ocultar nada; era un aficionado, nada más. Sin embargo, era inteligente y todos los ciudadanos tenían el derecho al acceso a la información de las computadoras. Si hubiera sabido lo que iba a encontrar, habría considerado qué hacer más allá de su curiosidad.

***

Utilizando los procedimientos de Worthington, condujo un análisis estadístico más extenso y determinó que no sólo los humanos no estaban creciendo en estatura desde 3100, sino que se estaban volviendo más pequeños.

Se preguntó:

−¿Los humanos son las únicas criaturas que no están creciendo?

Mayores consultas a las computadoras le proveyeron más datos de altura; todos los animales eran más pequeños.

—¿Qué de las plantas y los objetos inanimados?
—Era difícil de decir.

La vegetación era ciertamente más pequeña. Sin embargo, había una serie de reportes técnicos sobre la necesidad de inspeccionar de nuevo las elevaciones de las grandes montañas, lo que los *comp-topógrafos* estaban haciendo ahora. La erosión natural, debido a procesos biológicos, químicos y físicos, había sido suficiente, causando el lento decrecimiento en altura de las masivas montañas. Por lo menos, esa era la conclusión de los *comp-geólogos*, y David pensó que era lo más lógico. Sin embargo, una tarde, mientras sorbía lentamente una cerveza en *McLaughlin's Olde Draught House*, cayó en cuenta de lo que había pasado con las montañas: estaban disminuyendo de tamaño por las mismas razones que los organismos. Pero ¿Cuál era la razón?

Regresando a su estudio, David miró detenidamente sus gráficos de las tendencias en altura. Un declive de largo plazo estaba ocurriendo ¿Por qué? ¿Qué lo causaba?

Tal vez, pensó, la respuesta está en el título del reporte de Worthington *"La disminución de la estatura humana debido al tirón"* ¿Tirón? ¿Qué tirón? ¿Tirón hacia arriba? ¿Tirón hacia los lados? ¿Tirón hacia abajo? ¡Hacia abajo!

—¡Gravedad!

La gravedad, la conocida y la inexplicada. Era obvio. Sin embargo, ¿Cómo estar seguro en su sospecha de que esta era la causa? Más aún, ¿Qué era lo que provocaba el incremento en la masa de la Tierra? ¿Un incremento en la gravedad? ¿Absorción de energía? Después de todo, E=MC^2 ¿Energía de dónde?

**

El primer paso de David fue pedir información a las computadoras respecto a mediciones de gravedad alrededor del mundo. Nada era evidente en los datos. Entonces, preguntó a las computadoras por mediciones de largo plazo de la gravedad en localidades establecidas dispersas alrededor del globo.

Estas mediciones mostraron un incremento en la gravedad desde, aproximadamente el año 1995. A lo largo de los últimos 8,441 años, la fuerza de gravedad promedio en la superficie de la tierra se había incrementado lentamente. Comparaciones de la altura de los organismos mostraron una correlación casi directa con este incremento en la gravedad. La correlación con las elevaciones de las montañas era algo borrosa, pero también estaba ahí, a una tasa más alta, probablemente debido a la adición del componente erosivo.

Desconcertado, David reflexionó sobre su estatura: un poco más de cinco pies y una pulgada (unidades antiguas). La mayoría de los hombres eran de su tamaño. Preguntando a las computadoras, encontró que los hombres en 1995 promediaban aproximadamente cinco pies y seis pulgadas. Si hay una tendencia, significa que los hombres han disminuido en estatura a una tasa de 0.000551 pulgadas por año desde 1995.

–¿Es significativo? Alternativamente ¿Soy sólo una persona baja? –preguntó–. Sin embargo, si mis cálculos son correctos ¿Qué tan pequeños nos volveremos? –David consideró–. ¿Debería escribir un reporte? ¿Me creerá el mundo? ¿A un aficionado?

Temeroso a la crítica, David nunca publicó los resultados de su investigación. Las computadoras estaban a cargo; las aficiones científicas eran sólo pasatiempos. Su trabajo se perdió, junto con el reporte de Worthington.

***

Ahora es el año 100,000. Los catastrofistas regresaron una vez más, como siempre lo hacen en los cambios de milenio, en este caso el *"Milenio Súper-Dúper"*, diciendo que el mundo se estaba terminando o previsto a experimentar enormes cambios. ¡Poco sabían de los cambios que habían estado ocurriendo por un largo tiempo!

Un hombre vistosamente vestido, de altura promedio para su tiempo, admiraba felizmente a sus hijos retozando en el *pseudo-césped*. Empinándose una oscura y espumosa cerveza sentado en un amplio taburete, miró al sol, disfrutando la calidez en su redonda cara parecida a una luna.

Tenía un pie de alto y un poco por debajo de los cuatro pies de ancho, de pie sobre cortas piernas como barriles.

***

Los catastrofistas del año 100,000 estaban en lo correcto, aunque equivocaron la supuesta "catástrofe" por 13,465 años.

En ese momento, el año 113,465, los colonizadores llegaron. La Tierra era ahora aceptable para su forma de vida de *alta-gravedad*. Por 111,170

148

años, siendo desconocido para la humanidad, la *Riella-transformación* de la Tierra había estado ocurriendo, por una lenta transferencia de energía al centro de la tierra, un proceso *Rielliano* degradó la energía a masa, incrementando la gravedad de la Tierra.

Mientras la dorada nave espacial Rielliana descendía lentamente en la planicie, los asombrados habitantes de la baja ciudad blanca salieron y miraron hacia arriba. Los humanos habían logrado los viajes espaciales en el sistema solar, pero nunca con una nave como ésta. ¿Era uno de ellos? ¿Algo nuevo?

Una puerta de la nave espacial se abrió. Una pequeña cámara cerrada chasqueó y se movió hacia abajo sobre rieles hacia el suelo. Deslizándose hacia afuera, parecidos a amibas, un grupo de Riellianos.

Eran bajos y bastante anchos, aproximadamente de ocho y media pulgadas de alto. Sosteniendo largos brazos plateados con manos de cuatro dedos color naranja pálido en un gesto de amistad, se acercaron a la aglomeración de humanos.

Los dos grupos de personas se detuvieron y se mantuvieron apartados a unos cuantos pies de distancia, mirándose mutuamente a los ojos, sonriendo a su manera.

*****

THE LUCKY CAR COMPANY

COMPAÑÍA DE CARROS DE LA SUERTE

THE LUCKY CAR COMPANY

Alvernon Bartel, what a loser you are! No job because you drink too much. Millie left for that fake cowboy at the Flying Horseshoe Bar. All you have is what you carry on your back, and you sleep in a rundown one-room apartment with a bed that sags like a hammock and smells of months-old puke. $381 in your wallet will not go far. You dumb shit; get things together!

For Al, life was no different from previous years and places. When he had money, he wasted it. When there was love, he spoiled it. He had never had a decent place to live or a nice bed to sleep in, and the puke on this one was his.

Running bony fingers through matted, greasy black hair, he stared at the hazy mirror. The person looking back with hollow sunken eyes was a loser. The toll of not enough food and too much beer had given him the look of a bony, mangy horse. There was just a bit of food left in the refrigerator and two cans of white asparagus on the shelf. Why he bought them, he did not know. He knew that it was now or never. He had reached the bottom.

Opening the wallet, he recounted the bills. Yes, just $381 and some coins.

He showered, shaved, and combed his hair, as best it would allow. In the pile of clothing in one corner, he found pants and a shirt not too wrinkled or smelly. *Time to get a job boy!*

Three days passed and Al had not found work. Finally, he went to a "pay-by-the-day" employment agency. An insurance claims position was available, with

153

the opportunity for a permanent position if he performed well. However, although he said he had one, he did not have the car needed to get to work.

Back in the apartment, he sat on the hammock bed and counted his money once more. Food to keep him going had eaten up all but $311. *Geez! Will my problems never end? How am I going to buy a car?*

It did not take long to figure out that $311 will not buy a car that can get you to work. Moreover, he still needed money for other things. He needed a car!

***

Al spent a whole day walking about Coachella, looking. Walking into the big lots to ask the dealers was a waste of time; he saw his hopes priced too high on the car windows.

Al just about gave up when he saw a sign on the front of a small, gray, weatherworn building sitting in the middle of a large, cactus-dotted, dirt lot.

LUCKY CAR COMPANY

COMPAÑÍA DE CARROS DE LA SUERTE

Funny name for a used car dealer! Well, last chance. He entered and walked about the car-filled lot with gaily-swinging multi-colored pendants hanging on lines stretched across and around it. There were no prices shown on the car windows, just signs saying:

LUCKY!

VERY LUCKY!

SUPER LUCKY!

LUCKY AND A HALF!

MORE LUCK THAN YOU NEED!

What a strange place!

A wiry, smallish Mexican-American man with, a black suit and dark western hat, and shiny black boots, walked up to Al. Black hair, streaked with silver hung over his forehead; a bristly black mustache covered his upper lip, his skin a sun-wrinkled golden tan. Dark twinkling eyes, shrouded by black bushy eyebrows, peered out from his 60-years or so old face. Smiling, he handed Al a glossy business card:

Odilón Santiago Armenta

Lucky Car Company

Coachella, CA

We Specialize in Lucky Cars

Nos Especializamos en Carros de la Suerte

"Permit me to present myself. My name is Odilón Santiago Armenta; may I be of service to you?"

"Al Bartel. Maybe you can help me. Mr. Santiago, I need a car for work, one that is dependable and reasonably priced."

He smiled, "Excellent Mr. Bartel, glad to be of service. I have just the car for you; this green 1998 Ford 4-door has lots of power. It's extremely lucky and costs only $7500."

Al blushed with embarrassment because the price was way beyond what he could pay. "I can't afford that much."

Arms crossed and feet apart, Mr. Santiago considered this, stroking his mustache and nodding his head. "Well, I have one that is not so lucky, a 1994 Dodge, very sporty candy apple red, and the cost is a mere $2800. But I assure you, it is still quite lucky."

155

Again, Al explained that such a car was beyond his means at this point. Santiago did not give up but kept showing progressively less costly cars, saying, "Less Lucky" each time. However, all were way beyond Al's few dollars.

"Mr. Santiago, I guess you can't help me, but thanks for taking the time."

Squinting, Santiago tilted his head to one side. He looked up at Al, and said, "How much do you want to spend?"

In a low voice, "I have $300. I expect that you have nothing that I can buy."

Santiago slowly shook his head, rubbed his chin, and said, "I have a not-very-lucky car. Yes, not very lucky. I would ordinarily sell it for $500. If you want it, you can have it for $300."

He walked to the one side of the lot where one car sat alone as if shunned by the others. It was a 1985 Chevrolet, badly beaten from minor accidents. Its thinning dull blue paint job showed rust through it, along with sad-looking tires, a bent antenna, and two cracked side windows. Santiago climbed in and started it up with a roar. It sounded good.

"Please, drive it around the lot. I do not carry insurance for driving my cars on the road. The back of the lot is quite large. Try it."

Al looked dubiously at the car. Shrugged, thinking, *what choice*? Slipping into the driver's seat, he looked at the interior. There were rips in the seats, the vinyl is sewn together. The headliner hung down in the back. There was a big hole where a radio used to be. *Nice antenna!* The carpet was dirty and thin, with the metal floorboard showing in spots. He shifted out of the park gear position and drove around the lot. It handled nicely.

Accelerating to 30 mph, he yanked the steering wheel back and forth, raising a cloud of dust. The lot was big in the back and had a straight albeit bumpy stretch where he got the car up to 45 mph. He slammed on the brakes and the car skidded to a stop. He could see nothing wrong with it, ugly as it was, and $300 would not buy a car from anyone else. This left him with $11. *Thank God for pay-by-the-day!*

He pulled up to Mr. Santiago, the motor quietly ticking. Al said, "It seems to be OK, I guess I'll take it. However, why do you call your cars lucky?"

"Because they are. The *Santo Patronal de los Choferes*, San Cristobal, blesses them. All of the cars I sell have proven to be lucky, and yours will be also, but not as much as others will. Yes, not as much. Definitely not as much."

Al rolled his eyes upward, and started to say something, but stopped. *He seems so serious about this. No laughing.*

***

Al left with the car, thinking about blue skies and a bright future. Three blocks away the car sputtered, backfired, and came to a stop. White smoke poured from the exhaust and from under the hood. With repeated attempts, he got the car started and after many stops and starts, he drove it back to the Lucky Car Company lot. However, he could not find the building. *I must have made a wrong turn.* Yet, no matter where he drove, there was no sign of the building, the lot full of cars, or Mr. Santiago.

He checked in the telephone directory; there was no listing for the Lucky Car Company. Locating a public phone, he dialed for information. "Do you have a listing for "Lucky Car Company"? No? Do you have a listing for "The Lucky Car Company"? No? How about, as best

157

as I can pronounce it, "Compañía de Carros de la Suerte"? Are you certain? Yes, Yes, Thank You." *Damn! Once again a loser!*

However, driving home to his one-room apartment the car performed well. *It must have just been something in the fuel.* He stopped at a convenience store and bought ten dollars' worth of gas, to freshen it up.

The first day of work was just fine, including his assignments. The boss was happy with him. Reviewing insurance applications and claims was not an exciting job, but there was to be a paycheck at the end of the day. Except that, there was not, something about paperwork and computer entries.

Over the next days, there were a series of misfortunes with the car, building in intensity. Parts fell off, tires went flat, and there was a speeding ticket when the car accelerated on its own. Then, the brakes failed and he went through a stop sign, another ticket. Often he was late to work. His boss became increasingly disgruntled. Moreover, there was no pay, just more complications. *Pay-by-the-day! My ass!*

Worried about his job, Al drove slowly and carefully to work. *I will be on time today, even a bit early.* Suddenly there was a near miss with a pickup truck as the steering wheel loosened. Swerving erratically, Al tried to turn the wheel; the car hit the curb and careened into a telephone pole. The airbag did not work and the seat belt broke.

Al, dazed, with a large bleeding cut on his face and bruised ribs, perhaps broken, sat slumped. People rushed up to the car. They pulled him out of the smoking car, steaming water spraying from the radiator, and laid him on the ground. Soon an emergency response van arrived, placing him on a stretcher. As the team began to strap him down and roll him toward the van, he heard a familiar voice talking to him. He opened his eyes and looked up into the face of the emergency worker. Mr. Santiago, dressed in an emergency services uniform, returned his gaze.

"There you are, you fucking bastard," mumbled Al, through the cut lip and broken teeth. "I want my money back. Your car almost killed me."

"But it is a lucky car, Mr. Bartel. You must have faith," he said with a wink, his image slowly blurring, morphing into that of a puzzled young man in white.

"Sir, please calm down. We are here to help you. Don't move."

Lucky? Faith? What a bunch of crap! Al rolled his head to one side and dazedly looked across the street, now crowded with vehicles and onlookers. He saw a mini-mart. The image went in and out, from clarity to an oily blur. Staring hard to focus, he pushed up, realizing what Mr. Santiago meant, and, despite efforts to restrain him, threw off the emergency workers. Jumping off the stretcher he hobbled, bent over, and lurched between the stopped vehicles to the mini-mart, holding his side

Pushing open the door, he confronted a shocked young clerk and shoved the remaining $1 bill into her hand. "One lottery ticket, please."

The girl stared wide-eyed at his bloodied face and said, "What number combination do you want, Sir?"

"Any number will do, just sell me a ticket."

He took the ticket with its randomly generated number and shoved it into his wallet, and slowly and painfully collapsed on his side to the floor, a big bloody smile on his face.

I'm not a loser!

*****

159

LA COMPAÑÍA DE CARROS DE LA SUERTE

Alvernon Bartel ¡Qué perdedor eres! Sin trabajo por beber demasiado. Millie te dejó por ese falso vaquero en el bar "Flying Horseshoe". Todo lo que tienes es lo que cargas en tu espalda, y duermes en un decadente apartamento de una sola habitación con una cama que se hunde como una hamaca y huele a vómito de meses. $381 en tu billetera no irán lejos ¡Estúpido de mierda, arregla tus cosas!

Para Al, la vida no era diferente respecto a años y lugares previos. Cuando tenía dinero, lo malgastaba. Cuando había amor, lo arruinaba. Nunca había tenido un lugar decente para vivir o una buena cama para dormir, y el vómito en esta era suyo.

Recorriendo sus dedos huesudos a través de su apelmazado y grasiento cabello, se miró en el brumoso espejo. La persona que lo miró de regreso con ojos hundidos y demacrados era un perdedor. El daño de la falta de comida y exceso de cerveza le había dado la apariencia de un caballo huesudo y sarnoso. Sólo quedaba un poco de comida en el refrigerador y dos latas de espárragos blancos en la repisa ¿Por qué los había comprado? No sabía. Sabía que era ahora o nunca. Había llegado al fondo.

Abriendo la billetera, volvió a contar los billetes. Sí, sólo $381 y algunas monedas.

Se duchó, afeitó y peinó su cabello, lo mejor que éste lo permitió. En la pila de ropa en un rincón, encontró unos pantalones y una camisa no muy arrugados ni malolientes.

«¡Es hora de encontrar un trabajo muchacho!»

Tres días pasaron y Al no encontró trabajo. Finalmente, fue a una agencia de empelo de "pago-por-día". Un puesto de reclamo de seguros estaba disponible, con la oportunidad de una posición permanente si lo desempeñaba bien. Sin embargo, aunque había dicho que tenía uno, en realidad no tenía el carro solicitado para obtener el trabajo.

De regreso en el apartamento, se sentó en la hundida cama y contó su dinero una vez más. La comida para mantenerlo en marcha se había comido todo excepto $311.

«¡Caray! ¿Terminarán mis problemas algún día? ¿Cómo voy a comprar un carro?»

No tomó mucho para que se diera cuenta que $311 no comprarían un carro que pudiera llevarlo al trabajo. Además, aún necesitaba dinero para otras cosas ¡Necesitaba un carro!

***

Al pasó un día entero caminando por Coachella, mirando. Entrar en los grandes lotes para preguntar a los comerciantes era una pérdida de tiempo; vio sus esperanzas valuadas muy alto en las ventanas de los carros.

Al casi se había rendido cuando vio un cartel en el frente de un pequeño y desgastado edificio gris situado a la mitad de un gran lote de tierra salpicado por cactus:

LUCKY CAR COMPANY
COMPAÑÍA DE CARROS DE LA SUERTE

«¡Curioso nombre para un comercio de carros usados! Bueno, última oportunidad».

Entró y caminó a lo largo del lote lleno de carros con letreros multicolor que colgaban con un vaivén alegre en líneas estrechas a través y alrededor. No se mostraban precios en las ventanas de los carros, sólo letreros que decían:

¡AFORTUNADO!

¡MUY AFORTUNADO!

¡SÚPER AFORTUNADO!

¡AFORTUNADO Y MEDIO!

¡MÁS FORTUNA DE LA QUE NECESITA!

«¡Qué lugar tan extraño!»

Un enjuto, más bien pequeño hombre mexicano-estadounidense con un traje negro, un oscuro sombrero western y unas brillantes botas negras, caminó hacia Al. Su cabello negro con mechones plateados caía sobre su frente; un hirsuto bigote negro cubría su labio superior, su piel de un bronceado dorado arrugada por el sol. Centelleantes ojos oscuros, cubiertos por espesas cejas negras miraron desde su vieja cara de unos 60 años. Sonriendo, extendió a Al una brillante tarjeta de presentación:

Odilón Santiago Armenta

Compañía de Carros de la Suerte

Coachella, CA.

Nos especializamos en Carros de la Suerte

We Specialize in Lucky Cars

—Permítame presentarme. Mi nombre es Odilón Santiago Armenta ¿En qué puedo servirle?

–Al Bartel. Tal vez pueda ayudarme. Señor Santiago, necesito un carro para el trabajo, uno que sea confiable y de precio razonable.

Sonrió.

–Excelente Sr. Bartel, me alegro de poder servirle. Tengo justo el carro para usted; este Ford 1998 verde de 4 puertas tiene mucha potencia. Es extremadamente afortunado y sólo cuesta $7,500.

Al se sonrojó avergonzado debido a que el precio estaba muy por encima de lo que podía pagar.

–No puedo permitirme tanto.

Con los brazos cruzados y los pies separados, el señor Santiago lo consideró, acariciando su bigote y asintiendo con la cabeza.

–Bueno, tengo uno que no es tan afortunado, un Dodge 1994, de un rojo manzana acaramelado muy deportivo, y el costo es tan sólo de $2,800. Pero puedo asegurarle, es aún bastante afortunado.

De nuevo, Al explicó que dicho carro estaba muy lejos de sus posibilidades en ese momento. Santiago no se dio por vencido, sino que siguió mostrándole carros progresivamente menos costosos diciendo: "menos afortunado" cada vez. Sin embargo, todos estaban muy lejos de los pocos dólares de Al.

–Sr. Santiago, supongo que no puede ayudarme, pero gracias por tomarse el tiempo.

Echando un vistazo, Santiago inclinó su cabeza a un lado. Miró hacia Al y dijo:

–¿Cuánto quiere gastar?

En voz baja:

−Tengo $300. Supongo que no tiene nada que pueda comprar.

Santiago sacudió lentamente la cabeza, frotó su barbilla y dijo:

−Tengo un carro no muy afortunado. Si, no muy afortunado. Normalmente lo vendería por $500. Si lo quiere, puede tenerlo por $300.

Caminó hacia un lado del lote donde un carro estaba estacionado solo, como si fuera rechazado por los otros. Era un Chevrolet 1985, muy golpeado por accidentes menores. Su apagada y delgada pintura azul mostraba óxido por todos lados, junto con unas llantas de triste apariencia, una antena torcida, y dos ventanas laterales rotas. Santiago se trepó en él y lo encendió con un rugido. Sonaba bien.

−Por favor, condúzcalo alrededor del lote. No tengo seguro para conducir mis carros en la carretera. La parte trasera del lote es bastante grande. Pruébelo.

Al miró dubitativamente al carro. Se encogió de hombros, pensando: «¿Hay opción?» Escurriéndose en el asiento del conductor, miró el interior. Había rasgaduras en los asientos, el vinil había sido cosido. La tapicería del techo colgaba en la parte trasera. Había un gran agujero donde el radio solía estar. «¡*Linda antena!*» La alfombra estaba sucia y desgastada, con el metal del piso asomándose en parches. Se movió fuera del sitio de aparcado y manejó alrededor del lote. Se manejaba bien. Acelerando a 30 mph, tiró del volante de un lado a otro, levantando una nube de polvo. El lote era grande en su parte trasera y tenía una extensión recta más bien irregular donde llevó el carro por arriba de 45 mph. Pisó los frenos y el carro derrapó para detenerse. No pudo ver nada malo con él, por feo que fuera, y $300 no podrían comprar un carro en ningún otro lugar. Esto lo dejó con $11.

«¡Gracias a Dios por el pago-por-día!»

Se detuvo junto al Sr. Santiago, el motor seguía en marcha silenciosamente. Al dijo:

−Parece estar muy bien, supongo que lo tomaré. Sin embargo ¿Por qué llama a sus carros "afortunados"?

−Porque lo son. El *Santo Patrono de los Choferes*, San Cristóbal, los bendice. Todos los carros que vendo han probado ser afortunados, y el suyo lo será también, pero no tanto como otros. Si, no tanto. Definitivamente no tanto.

Al puso los ojos en blanco, comenzó a decir algo, pero se detuvo.

«Parece hablar en serio. No te rías».

***

Al se retiró con el carro, pensando en cielos azules y un futuro brillante. Tres cuadras adelante el carro chisporroteó, petardeó y se detuvo. Humo blanco fluyó del escape y de debajo del capó. En repetidos intentos, logró encender el carro y con muchos apagados y encendidos, lo condujo de regreso al lote de la Compañía de Carros de la Suerte. Sin embargo, no pudo encontrar el edificio. *«Debo haber dado un giro equivocado».* Pero, no importó por donde condujera, no había señales del edificio, del lote lleno de carros o del Sr. Santiago.

Consultó la guía telefónica; no había registro de la Compañía de Carros de la Suerte. Ubicando un teléfono público, marcó por información.

−¿Tiene un registro para "Compañía de Carros de la Suerte"? ¿No? ¿Tiene registro de "La Compañía de Carros de la Suerte"? ¿No? ¿Qué tal, lo mejor que puedo pronunciarlo, "Lucky Car Company"? ¿Está seguro? Si, si, gracias. *«¡Maldita sea! ¡De nuevo un perdedor!»*

Sin embargo, durante el regreso a casa a su departamento de una sola habitación, el carro se desempeñó bien. «*Debe haber sido sólo algo en la gasolina*». Se detuvo en una tienda de conveniencia y compró gasolina por valor de diez dólares, para refrescarlo.

El primer día de trabajo fue bien, incluyendo sus tareas. El jefe estaba contento con él. Revisar aplicaciones y reclamos de seguros no era un trabajo excitante, pero debía haber un cheque de pago al final del día. Excepto que, no lo hubo, algo sobre papeleo y entradas de computadora.

Los siguientes días hubo una serie de infortunios con el carro, incrementando su intensidad. Partes se cayeron, los neumáticos se desinflaron y hubo una multa por exceso de velocidad cuando el carro se aceleró por sí solo. Luego, los frenos fallaron y pasó una señal para detenerse, otra multa. A menudo llegaba tarde a su trabajo. Su jefe se disgustó cada vez más. Además, no había paga, sólo más complicaciones. «*¡Pago-por-día! ¡Mi trasero!*»

Preocupado por su trabajo, Al manejó lenta y cuidadosamente a su trabajo.

«Estaré a tiempo hoy, incluso un poco antes».

De repente, casi choca con una camioneta debido a que el volante se aflojó. Viró brusca y erráticamente, Al trató de girar el volante; el carro golpeó la acera y chocó con un poste telefónico. La bolsa de aire no funcionó y el cinturón de seguridad se rompió.

Al, aturdido, con un gran corte sangrante en la cara y las costillas amoratadas, tal vez rotas, se sentó desplomado. La gente se apresuró hacia el carro. Lo sacaron del humeante carro, vapor de agua chorreaba del radiador, lo colocaron en el suelo. Pronto, una furgoneta de respuesta de emergencia llegó, colocándolo en una camilla. Mientras el equipo comenzaba a sujetarlo e introducirlo en la furgoneta, escuchó una voz familiar que le hablaba. Abrió los ojos y miró a la cara del trabajador de emergencias. El Sr. Santiago, vestido con el uniforme de los servicios de emergencia, le regresó la mirada.

–Ahí estás, maldito bastardo. –Balbuceó Al, a través del labio cortado y los dientes rotos–. Quiero mi dinero de vuelta. Tu carro casi me mata.

–Pero es un carro afortunado, Sr. Bartel. Debe tener fé. –Le dijo con un guiño–, su imagen se desdibujaba lentamente, transformándose en la de un confuso joven vestido de blanco.

–Señor por favor cálmese. Estamos aquí para ayudarle. No se mueva.

«¿Suerte? ¿Fé? ¡Qué montón de mierda!» Al giró su cabeza a un lado y miró aturdido al otro lado de la calle, ahora abarrotada de vehículos y mirones. Vio un mini-mercado. La imagen iba y venía, de claridad a un borroso aceitoso. Forzando la mirada para enfocar, se flexionó, dándose cuenta a lo que el Sr. Santiago se refería, y, a pesar de los esfuerzos para sujetarlo, se liberó de los trabajadores de emergencias. Saltando fuera de la camilla renqueando, inclinándose y dando tumbos entre los vehículos detenidos se dirigió al mini-mercado, sujetándose el costado.

Empujando para abrir la puerta, confrontó a la sorprendida joven vendedora y empujó su último billete de $1 hacia su mano.

—Un billete de lotería, por favor.

La chica lo miró con amplios ojos su rostro ensangrentado y dijo:

—¿Qué combinación de números quiere, señor?

—Cualquier número, sólo véndame el billete.

Tomó el billete con su número generado aleatoriamente y lo metió en su billetera, y lenta y dolorosamente colapsó de costado en el suelo, con una gran sonrisa sangrienta en su rostro.

«¡No soy un perdedor!»

*****

THE TALE OF THE BLACK UMBRELLA

EL CUENTO DEL PARAGUAS NEGRO

THE TALE OF THE BLACK UMBRELLA

A SUNNY DAY

I am not sure how the magnificent sun high above me manages to do what it does. At times it is quite bright, a warm sunny day with fluffy white clouds. Then, at what seems to be daily regular times, it appears to be cloudy, or at least with the thin light of a rainy day, even a storm coming with the distant rumble and flash of *tonnerre et d'éclairs*. I am on the corner of a Paris street on the *Île de la Cité*, somewhere near the *Place Dauphine*. At a short distance is the ancient *Pont Neuf* bastioned stone bridge, with *la rivière Seine* flowing languidly through its lovely elliptical arches. Small boats carrying sightseers pass beneath. So peaceful.

Monsieur Pierre Lefebvre, my good and patient friend, is with me, as is the lovely and charming Mademoiselle Clarisse Montpelier, his forever love. Moreover, I am with my dream, the one I love. We do not move, as we are entranced by the view. Paris! Yes, that great city, the city of romance. Soon it will be evening, then the dark of night, so we enjoy it while we can.

In the distance, I hear the church bells of the majestic gothic *Sainte-Chapelle* with its towering ornate stained-glass windows, and further away those of le *Cathédrale Notre-Dame de Paris*. I want to turn around to see them; however, I am distracted by a loving glance from my heart. She is dressed in red, the color of passion. *Oh là là!*

It is with regret that I turn away from all of this. For, there is a story I must tell you.

171

MAKER

You might think I am vain and self-important; that is not the case. However, it is obvious to anyone watching me going down the boulevard that I am a handsome gent! Tall and slender, broad on top, not muscular, but in excellent shape, in my prime. I love stretching out my full form for all to admire. My glossy skin is a wonder to behold, a silky black.

No, I am not a man. I am a gorgeous black umbrella, a French umbrella, a *parapluie*. Let me tell you more about my wondrous self so that you too can become an admirer; perhaps best done by telling of my making. However, I prefer to think I was "born", for my Master, Monsieur Jean-Yves Paillargue, made me with such loving care. Thus, I was born in the late winter of the year 1884.

However, before continuing, I ask for your extended understanding and patience. I am an old fellow now, much more than 125 years old. I dwell on what might seem to others to be trivial things, for I cannot help it. My story is rather long and convoluted, yet my making is important to my tale.

M. Jean-Yves Paillargue and his large and handsome family lived in a two-story, gray stone house, with a bottom-floor shop on the street in front and his *atelier*, workshop, in the back with a balcony. The house is located high on a rock cliff above *la rivière Jordanne* in the small town of Aurillac in the Auvergne region of south-central France. It is a much larger town now, but it was small and beautiful then, at least from what I later saw from the hanging balcony of the atelier.

M. Paillargue, a skilled tinsmith, had been living

in a small country village on the lower slopes of the mountains of *les Volcans d'Auvergne* to the northeast, above Aurillac. However, needing more income for a growing family, he moved to Aurillac, starting a new career, making fine umbrellas.

I never saw my making, not being aware in the slightest of my existence until, when finished, he slowly unfurled me several times. Then, without ceremony, except for a dry kiss and a scratching of his bushy mustache on my black silk, hung me by my elegant curved handle on a multi-hooked rack in the atelier along with others of my kind. They all gave me a welcoming smile as I slowly swayed to a rest. I had no idea what I was or for what use I was intended. No one told me that I was an umbrella.

Suspended there, I watched M. Paillargue in the atelier lovingly create other umbrellas, some for men, but mostly for women. Men can be such brutes about carrying an umbrella, in particular the British who say it is not manly, preferring to be drenched by their ugly cold northern rain, although with time they may change for the better. Women, however, know the way to use an umbrella to enhance their natural beauty and manner. Fantastic creatures they are; I love them. There is nothing more intriguing than a pair of lovely eyes glancing coquettishly at a man from behind a tilted umbrella.

My, I wander. The making process is tedious and time-consuming. Please, you must understand it in order to follow my tale.

An umbrella has many parts: first, the long, vertical shaft is shaped to hold a circular runner sliding up and down the shaft and held in place by a lower runner latch and an upper runner latch. Press the lower one and the umbrella unfurls. When the raised runner passes the upper latch with a push, that one holds the umbrella open. In an opposite manner, by releasing the upper latch and pulling down on the runner, the bottom latch will catch, and the umbrella can be bound with a strap to prevent sudden opening.

My shaft is highly polished dark cherry wood. *Cerisier*, do you know of it? It is a very rich and strong wood. I am so pleased that such wood was used for my very soul, the shaft, the core of an umbrella.

M. Paillargue's earlier skills, as a tinsmith, came into play in making my strong ribs and stretchers. The stretchers are attached to the top of the circular runner and a prevent, a clip fixing the stretchers to the ribs. Mine was well made, as you will see with my further telling.

Oh, I am not yet finished. I have a cherry wood fit-up at the top of my shaft extending to a point, capped with a rounded shiny silver cone. However, it is my handle, in a lovely crook, of which I am most proud. It is also cherry wood, covered with stitched black leather embossed with stamped, roaring, male lion heads. A silver nose cap fits onto the end of the handle. In addition, yes, my eight black silk panels, the *octavos*. I love them! His lovely wife, Marie, cut and skillfully fastened the eight triangular pieces to the umbrella ribs.

Etched into the hard cherry wood of my shaft, just above the handle, is my Master's name and my place of manufacture, along with a date: *Jean-Yves Paillargue, Aurillac, décembre 1884.*

Enough of my making. Let us get on to my tale.

THE BANKER

Except for those rare times that M. Paillargue took all of his umbrellas onto the balcony above the river for an airing, life in the world outside his shop began for me with the abrupt slamming open of the shop door and the arrival of a well-dressed, portly man in the early spring of 1885.

"*Bonjour, Monsieur*. Welcome to my humble shop. I would be honored to be of service to you," said M. Paillargue, bowing.

Stroking a long, droopy, graying mustache and looking about the shop, the man, in a haughty voice, said, "I'm fancying acquiring a well-made black umbrella. It must be dignified, in accordance with my position as a banker. Nothing showy, yet not common as most would want." He did not introduce himself, barely looking at my Master.

"I assure you Monsieur; all of my umbrellas are well-made. Feel free to browse. Open them up to see how they look."

"Black, only black. Perhaps with fine silver finishings. Show me some."

Walking to the wooden hook rack where I hung, M. Paillargue lifted one to my left and another, three umbrellas to my right, saying, "I have two of quite possible interest to you."

Bending forward with a cursory glance, "No, I don't like either of those. I do not get a good feeling about them. Perhaps you have something else, one that would give me a more distinguished appearance."

Eyes moving back and forth over the long line of umbrellas produced during the past cold winter, along with others he had made earlier, but which had not sold, M. Paillargue spotted me.

With a smile, "Monsieur, this one is likely to be the one to please you. It has wonderful silver finishings, a moderately dark cherry wood shaft and a black leather-wrapped handle embossed with the heads of roaring lions, and the most tightly woven black silk I could acquire. It should serve you in the worst weather. The ribs and stretchers are tight; the strongest wind will not damage it."

The banker held out a pudgy, callous-free hand, accepting me. He unfurled me and furled me with abrupt snaps. Closing me tight, wrapping the strap around, he tapped my ferrule on the floor, making me a bit woozy. Nodding his head, "Yes, seems nicely made. Should be what I want. I'll take it."

"Monsieur, do you want to carry it with you, or should I wrap it for transport?"

"Wrap it; my wife and I are down from Paris. We enjoyed your cheeses, the volcano, and the old *Chateau of Saint-Etienne*, but must head home. My work demands a quick return."

I did not enjoy being wrapped up in the paper. I could not wait until I was out of such a miserable cocoon. To enclose an umbrella in anything is cruel. They must be free to the air, the rain, and the sun. Even the binding strap irritates me.

I never saw my dear Maker again. However, the world outside the shop faced me, and I was curious.

Moreover, what was this Paris? Would I like it?

PARIS

On the way to Paris, I could see nothing, for I was placed next to the man who bought me. By listening, I learned my new owner's name, M. Michel Charpentier. The people on the train greeted him with respect. He was a man of some importance. A woman, whom I came to learn, was his wife, called him Michel.

From overheard, paper-muffled conversations, we were traveling on something called *le train*. It was hot, noisy, and smoky. The trip, from what I could ascertain from listening to the complaining people around me, was long and arduous, with numerous stops.

As a young naive umbrella, I did not know what to expect when we arrived in Paris, where once again M. Charpentier picked me up and placed me on the seat of some sort of conveyance. I had much to learn. All I could hear was a repetitious clop-clop-clop and considerable jostling as we bounced up and down, rumbling along with a clatter.

Arriving at what I assumed must be M. Charpentier's home; a maid took me to a room, placing me on a table. Still unwrapped, I lay there, alone, for a long time, until it rained. Then, I was freed from the confining paper.

Rain! I love it! However, M. Charpentier hated it but had no choice once out of his carriage. He hastily unfurled me, and bent over, rushed into the bank. Someone placed me in a corner with several dripping compatriots. Elegant and proud of their appearance, they wanted nothing to do with me, laughing about the newly arrived country umbrella.

M. Charpentier loved to stroll along the narrow

streets and through the treed parks of Paris. I saw wondrous buildings and interesting people. Many knew him, respectfully exchanging greetings as they passed. Most of the time I was furled; this is not fun. It aggravates me when, on sunny days, he walks about tapping my ferrule on the pavement, or swinging me about. Why does he do this? It gives me a headache. Oh, the delight of rainy days!

Despite my complaining about my headaches and dizziness brought on by my being used primarily by M. Charpentier as a "walking stick", I must say that I did enjoy his long purgative walks in the city's parks. He could have gone in his elegant carriage with the rest of his family. However, he wanted time alone; time to empty his brain and consider investment plans without being guided by his financial staff. Therefore, we would head off to one of Paris's many parks, with him strutting along on his stubby legs at a rapid pace that surprised me, as he ordinarily had little interest in exercise. It was on one of these enjoyable walks that I discovered my favorite park, the whimsical *Parc Monceau* in the wealthy 8th arrondissement. You must visit it if you come to Paris, especially in the autumn when its magnificent trees burst into many shades of red, yellow, and orange.

Parc Monceau is more of an English or German-styled garden than a French one; however, I acknowledge both of these lesser cultures for their resultant beauty and creativity. Originally designed and constructed in 1778 by the Duke of Chartres, it has surprises or *follies* throughout the park: a small Egyptian pyramid, a Corinthian colonnade, antique statues, a Chinese fort, a water lily pond, a Venetian bridge, a Dutch windmill, a temple of Mars, a minaret, an Italian vineyard, an enchanted grotto, and a medieval ruin. For a time it fell into decay, being restored in 1860. I am not sure what it is like to be a human child; however, it brought that enjoyment and excitement to me.

Thus, I came to know something about that wonderful city, Paris. The feeling would never leave me, as you will see from the rest of my tale.

SAVED

As I said, I was naive, a country bumpkin. The other umbrellas were right about me. Yet, how could I have known what was going to happen and, even so, been able to warn M. Charpentier?

It was late in the day. M. Charpentier had been away from the bank, advising an important client. When we came out of the business, he could not find the carriage. It was raining hard; the wind was punishing. In the dimness of the cold, driving rain, M. Charpentier leaned forward, using me as a shield, seeing little, stumbling almost blindly. He, dashing forward to escape the pummeling, slipped into a narrow dark alley with a small overhang for a bit of respite from the weather.

Standing there, he did not see the short, swarthy man moving up from the deeper darkness of the alley with a small black gun.

"Well, well," a scarf pulled up over the lower part of his face, "Look whom we have here! A man of obvious money. Monsieur, give me your purse!"

With no warning, M. Charpentier flung me, still unfurled, through the air at the man. The gun went off three times, and I fell to the ground. M. Charpentier ran around the corner as fast as his short legs could take him, never a backward glance.

I was stunned, in shock. Alone, I blew back and forth in the gusty alley, crashing from one wall to the next. The distant sound of feet, running down the alley. Then, silence.

In a while, looking about with caution, M. Charpentier and a tall *gendarme* walked back into the alley, searching for the shooter. They found no trace of him.

M. Charpentier walked over to where I lay against a brick wall, broken. I had three holes in my nice black silk fabric. One of my ribs was crumpled. Water running down his round face, long mustache dripping; he looked at me with sad eyes, pulling me together with care, and said, in a low shaky voice, "We'll make you as good as new. You saved my life."

I had to laugh. No, I saved your money! This was my first lesson about the insensitivity and strangeness of humans.

THE UMBRELLA HOSPITAL

I spent three weeks in the umbrella hospital; my sarcastic term for such repair shops, of which there were many in Paris. I was fortunate it was one with a skilled artisan. M. Charpentier, being a man of money, could afford the best. However, my recovery was slow, and not to my satisfaction.

Repairs, yes. However, not the atrocious and brutal modification done to me. If I could have run away, I would have. Unscrewing my crook handle, an assistant, an insufferable cretin, attached a long, sharp steel dagger to it. He hollowed out my shaft and reattached the handle with the ugly dagger. I did not feel good about having this horrendous thing inside me. Perhaps M. Charpentier thought he would use me, the dagger, to fight back next time. I would not advise such, with a man possibly having a gun.

They replaced the damaged rib; that is what took so long. M. Paillargue, my Maker in Aurillac, sent a new one, and three new matching black silk panels. My owner was good to his word. However, I will never forgive him for filling my guts with that ugly sharp steel. It took a long time for the unbearable itching it caused in my shaft to be gone. I have no way of removing it; I live with it, saddened.

M. Charpentier never had to use the dagger. I doubt he would have been so foolish as to try to protect himself, giving up his purse instead. He set me aside on a wall hook in his bureau, unused, until one rainy day he gave me to a young bank assistant. Not having a long-term use for me, as I was not his style, the fellow sold me to a small boutique. I was there for a long time, pining for rain, even the sun.

THE BOUTIQUE

Rain, rain! *Dieu merci!* Finally, I'm out of here!

It was the middle of May 1886, the worst month for being outdoors in Paris. The boutique door burst open, slamming on the wall. A tall, young man stood there, cold and soaked. Pulling a large, white handkerchief from a pocket, he wiped his face, looking around, as if for something in particular.

"*Bonjour, Monsieur*, may I be of service?" a grandmotherly, plump woman asked from where she sat in a comfortable chair beside a small wood stove, warming herself from the cool and dampness of the morning.

"*Bonjour, Madame*. It should be quite obvious what I require, an umbrella."

"*Un parapluie*. We do not carry new ones, only used ones as I acquire them during the course of my business. They are as they were when we obtained them, in the rack nearest the back wall. I suppose they should be moved to the front of my shop on days like this. Feel free to look at them. If you find one, I will tell you the price."

From my position in the poorly arranged cluster of other umbrellas of questionable quality and, perhaps, unsavory origin, I watched him approach. I had no idea knowing this human would become so important to me.

As an umbrella, I have the opportunity to observe better than most humans do, for I have nothing else to occupy my time, other than being ready for rain or sun, or even to get headaches when some fool taps me along the ground as he walks. In addition, because I am with them almost all of the time, I slowly pick up their manner of reacting to events or even to the way they speak.

My gentleman, if I may call him mine, for such is what he would become, was dressed in a narrow-collared, black frock coat with straight, dark gray trousers, a short, black waistcoat, and a shirt with a high, stiff, white collar. Draped around the collar and poorly tied in front hung a short, rumpled, dark maroon silk tie. His soaked, square-cut, double-breasted frock coat fit close to his torso and finished at mid-thigh. The trousers, damp at the bottom, draped over muddy, worn, black boots. His dark hair was short and cut close to his head. A thin beard and mustache did not quite hide pinched-in cheeks, not having the fullness of maturity.

Poking through the entangled heap of used umbrellas, he pulled out potential purchases, one after the other until there were few left. Then, he spied me.

Pulling me from the grasping ribs and stretchers of the others, I could now breathe. I wondered, what next? Then, unfurling me, he asked the woman, "This may suffice. How much is this one?"

"I know that one, the best of the group. However, I will not take advantage of you on such a cold rainy day. The price, normally, would be 60 *centimes*. However, if you have 50 *centimes*, I would be quite happy."

This seemed reasonable to my gentleman. He pulled out a brown, leather drawstring purse, paying her with a handful of coins. I was out of here!

Rain, Rain! I am back where I belong. We strolled through the gray of the morning, stopping for pastries and heavily sugared black coffee on the way to his modest student lodging, where he changed clothing, leaving me open in a corner to dry. It looked like a nice place, my new home. Yes, I like it. Moreover, he seems to be a pleasant person.

Unlike M. Charpentier, the self-centered banker, my new owner seemed to have a great fondness for me, and I for him, this growing with time. He took great care to see that I was properly dried and aired out after a rain, also frequently polishing my silver finishings. His name was M. Pierre Lefebvre, although I have always thought of him as Pierre, my good friend.

A WALK IN A PARIS PARK

Pierre was a student at the Sorbonne, also working in the *Muséum national d'histoire naturelle* as a curator and preparator of fossil remains of ancient animals. A quiet young man, he spent most of his time studying, trying to advance his knowledge and career as a paleontologist. In his free time, which was little, he strolled through the parks of Paris, always taking me with him.

I knew he was lonely by his wistfully glancing at young couples walking past him. He often let out a slow, deep exhalation, throwing back his shoulders, and continuing on his way.

It was a warm and sunny day in the summer of 1887 when the change came, not just to him, but also to me, unexpectedly, as I did not expect change, for I was an umbrella. We have our job to do, nothing more. Right?

Pierre, with me hanging by my crook from his right arm, was walking at a moderate pace down a wide, gravel path bordered with tall, feathery trees swaying slightly in a light morning breeze. The sun was in his face, both of us enjoying the combination of warmth and the soft caress of the moving air. I would have preferred a light, pattering rain on my octavos. However, you cannot have everything.

Suddenly, in the distance, coming around a bend in the path, appeared a softly outlined figure. It wavered in the light as a mirage above a heated desert surface. Approaching us, it was obvious she was a young woman; the sun behind showed her slender delicate form, silhouetted.

Pierre almost slowed to a stop, dragging his feet, staring as she came toward us. She, however, seemed to be elsewhere, wandering along, often stopping to look at a flower or a bird perched in a tree.

At about ten meters from us, she resolved fully. Yes, the sun was not lying; she wore a close-fitting dress, dark green with a golden-white hourglass-shaped panel on the front. She looked regal. I learned later her dress was of the style called the princess line. Older women would not have worn this style, but with younger women, it had become popular to hint at the natural female shape, somewhat corseted. The skirt conformed to her hips, flaring slightly outward below, almost touching the ground. The white hourglass-shaped panel squared above her small breasts, with a lacy, ruffled collar of the same white material rising upward and extending high above the back of her head. Similar, but smaller, ruffles completed close-fitting, green, elbow-length sleeves. A long line of horizontal pleats of the same white ruffling extended in flounces from her waist to small, red shoes, showing in flashes as she came toward us.

Closer she came, sunlit, glowing, red hair curled high on top and taken into a bun at the back. A long ringlet, swaying as she walked, fell over her shoulder.

With stunned and immobile Pierre blocking her path, she stopped. Surprised, she looked up at him with laughing, brilliant green eyes. She was a head shorter.

"Excuse me, Monsieur. May I pass?"

"Oh, yes. Accept my apologies. I was so absorbed in something, a beautiful apparition I saw coming down the path."

This was not like my Pierre. What a change had come over him! So spontaneous was he now.

What was going on?

She blushed. Then, I noticed her companion, held high, an opened, small, delicate, red umbrella with a fringe of red lace around it. I could not keep from staring at her. The red umbrella seemed to blush, pink and back to red as I gawked. If I had been human, I would have had to tell myself to shut my open mouth.

I was stunned. I felt intense warmth to my core. Was this what was happening to Pierre?

Stepping aside, Pierre, again to my astonishment, calmly said, "My pardon, Mademoiselle. I was caught by surprise to see such a lovely lady on my morning stroll."

Blushing even more, she passed.

Pierre turned, watching her depart.

Then, at a distance, she stepped to the side of the path, and bent over to look at something low near a large, bushy tree. Turning toward us, she smiled. I hoped the little red umbrella was also smiling.

With a jaunty stride, Pierre continued down the way, swinging me about. Being swung around makes me dizzy. However, I was already quite dizzy.

Who was the pretty red thing that had stolen my heart?

WHAT IS THIS THING CALLED LOVE?

Almost daily, Pierre and I would purposely take a morning walk along the same pathway through the park, hoping to see them again. Days passed. Then, on a similar sunny morning, we saw the young woman coming toward us, dressed as before, and again holding the little red umbrella.

Stopping in front of Pierre, tilting her head up, she smiled, saying, "Bonjour, Monsieur. We meet again."

At this point, Pierre became a stumbling, stuttering fool, not the self-confident gentleman of the other day.

She laughed. "You have nothing to say?"

Pulling himself together, Pierre said, "I must repeat what I said last we met. You are so beautiful."

She blushed, as before.

Seizing the moment, Pierre asked, "May I accompany you on your walk through the park?"

"Yes, that would be nice," holding the red umbrella before her and peeking shyly across the top. Her green eyes sparkled. "What's your name?"

With a low bow, "Pierre, Pierre Lefebvre, Mademoiselle. And, may I ask yours?"

"Clarisse, Clarisse Montpelier," curtsying.

Therefore, it started that way. We met frequently. She and Pierre chatted about anything coming to mind. It was also wonderful for me, to spend time with the little red umbrella that seemed to like my presence. We did not talk; however, there was something special in the air, a tingling, as we looked at each other.

189

Later as autumn approached, while walking together in a drizzle we came to a large overhanging tree. Pausing, standing close, she turned to Pierre, intently looking up at him. He leaned forward and placed a light kiss on her lips. In the process, the tips of my ribs touched the ribs of the little red umbrella. Pop! It seemed a bit of electricity passed between us.

What was this? Was this love?

LOST LOVE

I do not understand this thing called love. It feels so wonderful, and it can hurt to the center of existence when it goes wrong or goes away.

In the deep of autumn, with most of the leaves falling, as it began to cool, winter starting to sharpen its teeth, Pierre and Clarisse walked along the path, the one where they had first met. Approaching a bench, Clarisse, with sudden tears in her eyes, said, "Let's sit down. I have something I must tell you."

"Of course. What is wrong? I don't like to see you like this."

Hands in her lap, squeezed together, not looking at him, she bent forward, sobbing. In a low voice, "We cannot see each other anymore."

Pierre, stunned, "Why? What have I done?"

"You have done nothing. I love you, with all my heart."

"Then?"

"It is what my father has done. He has arranged for me to meet someone else, an older man whom he feels more appropriate for the family."

"But, your father knows nothing of me. Why would he say I should not see you?"

"He is a powerful man. He has his ways."

"He knows nothing of me. I need to talk to him."

"He knows you. Do you think a young woman could walk down these paths alone? No, he has had someone follow me every day, from the beginning. Look down the path behind us, in the distance. Do you see the man with a brown umbrella who just sat on a bench? That is his man. He has others. They have found out everything about you. It is not that he thinks you are bad, just not acceptable."

"So? We should approach him, together. If I can talk to him, he will learn that I am a good person, acceptable."

"No, it won't work. He will never meet with you. He has told me we must stop meeting. I have no choice."

Pierre tried to embrace her, but she pulled away. "No, it only makes it harder. I must leave." She stood, looked at him deeply, and then, sobbing, turned to walk back the way they came.

A great cold wet wind blew through the nearly leafless trees along the path. Into the brush beyond, I flew from Pierre's hand. Pierre stood, watching Clarisse slowly walk further and further from him, each tiny step cleaving his heart.

As she rounded a corner, there was a flash of red. The little red umbrella of my heart was also gone.

Pierre carefully pulled me from the branches, slowly closing me, and then walked home in the slight rain, unprotected.

ALONE

Except for rainy days, I rest in a dusty corner, unused. We seldom go on walks, and never to the park where love entered our lives. Pierre thrusts himself deeper into his studies and work, lost. He never laughs. For me, the days are a continuous flow of sadness, and loneliness. I have never known such a feeling.

Memories of my own short sweet love torture me. I know how he feels. However, I, unlike him, do not have anything else to do, to take my mind off that wonderful past. Yet, in my dreams, I see her, red and smiling. I still feel the "kiss".

Yes, umbrellas have feelings. They can dream. In addition, they can cry. Unseen, unheard, and with no tears.

Pierre finished his education. Accepting an appointment to participate in a fossil dig in the north of Africa, he no longer had a use for me. He needed funds to prepare for the trip. Thus, I find myself in a small shop selling miscellanea, along with other unneeded possessions of his. I am not upset about his disposing of me; I am glad to have had Pierre as a friend, one who shared his feelings with me.

My time in the shop was short. An English dandy, who admires the French way of doing things, buys me. Before leaving for his homeland, he takes me in for some minor repairs and cleaning. I am thankful for that.

ALICE

London is not Paris; it is gray and depressing. It does not have the colors of that great city. Moreover, I do not like my new owner. I hate the way he struts about, twirling me. It makes me so woozy. He overdresses in French clothing, thinks he is witty, and generally puts on airs, which are driven by his wanting to be at a higher social station than the one he occupies. He spends his time pursuing single women of money, of which he has only pennies. Always, he struts with me, spinning me about.

Life with this ridiculous fop does not last long. Unsuccessful with his efforts, he soon tires of me, trading me to a shopkeeper for some groceries.

I'm kept leaning near the front door of the shop, to be used by customers in need of protection from this horrible cold northern rain. I cannot remember all of the faceless people who have used me for their comfort, then returned me to await the next person. No one gives me the care needed to keep me ready for the rain. I am no longer handsome, just utilitarian. My black octavos are splotchy and stained. I open with a creak of my stretchers and ribs. My silver finishings are muddy in color, not even worth pulling off and selling for their melted metal content. I am a filthy mess, a miserable wretch.

One day, someone forgets to return me to the grocer. I pass from hand to hand over many years, ending in the pantry of a happy family in York. They appreciate me. They clean me up a bit, even polishing my silver parts. The father, a teacher, uses me the most. The mother has her umbrella, or as they call us here, a brolly. The young daughter, tiny Alice, loves to carry me about, giggling uncontrollably as bursts of wind from the highlands almost lift her from the ground.

Time goes fast, and there are surprises ahead, not just for me, but also for this family. I have come to like the kindly man. However, without warning, he became sick and died.

What now? To my surprise, the little girl snatches me up and holds me to her breast. She loved her father; she loves me. On rainy days, she proudly carries me around, often being nearly bowled over by strong winds catching me. I laugh with her.

Here, I thought, maybe I will be happy again. The girl seems fond of me, and I of her. It is not the love I knew with the little red umbrella. However, it has to suffice. I do often think of Pierre, Clarisse ..., and her ... but it makes me so sad.

I knew even this somewhat happy period was doomed. The girl, now older, off to school, diverted by her friends, left me on a bench at a school transport stop.

There I lay. What next?

BLOTCH

As the school transport pulled away, a skinny, devious-looking, pockmarked, stringy-haired fellow, moving casually, strolled up to the stop. Looking about, he shuffled sideways, reaching out for me on the bench. Slipping me under an arm, he walks away.

Who was he? Where was he taking me? I tried to scream. Alice, come back! It was no use.

I apologize for these bunched-up, meaningless incidents, one after another, as I tell my tale. That is how my life has been of late, with few satisfying markers to say I ever existed or had a nice life.

Beyond devious, Derek Blotch was a disgusting human, perhaps of the lowest rank. Seldom bathed, with clothes that smelled of sweat and rancid body oils, I could not stand his rough, grubby hands on my handle. Someone like him had never before held me.

He took me to places a decent umbrella would never have considered visiting. Have you ever been to a whorehouse? I hope not. Me, an elegant French umbrella, thrown against the wall as he and a large woman grunt away on a big, almost collapsing, bed.

Then, at rough taverns, him vomiting on me as he fell to the ground in a puddle. At least it was raining when he crawled to his feet, clumsily unfurling me, the clotted yellow-green slime running off. I thank my Maker for this rain.

The worst was what he used me for. He would walk from one sordid, crumbling house to another, reaching down inside of me for little packets of opium and other drugs. Strange wild-eyed people, mumbling incoherently, would furtively hand him money. Pocketing it, he would head off to a tavern to spend it all. It was a vicious circle. Fortunately, the drugs I carried did not affect me.

Freedom for me came one day, or I thought it would be that way. Blotch tried to sell his drugs to the wrong person, an undercover policeman. They took his drugs and hauled him to jail.

Me? The authorities put me in a dank and dark police warehouse, used for storing crime evidence.

A SLOW DEATH IN THE WAREHOUSE

What year is it? Locked in this old warehouse does not allow one to note events, to get an idea of the passing of time.

Around me are other unknown objects moldering in the dark. Although packed away in a box, labeled, the damp has taken its toll on me. Insects have eaten the cardboard to fragments, allowing me to look up at the metal rafters of the dark ceiling. A family of spiders runs up and down my now-exposed ribs and stretchers. I am covered with filth. My shiny silk octavos are dull and holed by hungry insects and by mice looking for nesting material. My greatest pride, my handle, is peeling apart, the stitching rotted and the leather dried, not having had the periodic oiling needed. The silver finishings are dull, and oxidized with a crust. Is this the death humans often mention and fear?

Now and then, doors creak and are pushed open, dragging on the floor. More things are brought in and added to the piles. Some topple over on me, bending my ribs.

Darkness, again. It rains. I hear it falling on the roof and running down the dirty windows. It's a lazy English drizzle, except when storms come from the southwest. Then it pours, making me more depressed. Oh, how I would love to be on a walk in the rain, even though it might be cold.

Is this where I am to die?

YANK

I am not sure what year it is, but many must have passed. If I had a brain, I would by now, be bouncing-off-the-walls insane.

Then, one day, the doors are thrown open with a loud screeching and a crash, as one falls off its rusty hinges. I hear a large group of boisterous men walking about. They start to sift through the warehouse contents, throwing things into one pile they call "trash" and another they call "treasure". I am not sure what this means. The men are laughing as they work; jokingly calling one of them, "Yank".

It takes a while, as I am near the bottom of many years of contributions to the warehouse. Suddenly, I see light and their faces.

Yank pulls me out from the rest of the rubbish, saying, "This looks interesting, appears to be very old, not much left. Wow! Made in 1884. Even includes the name of the artisan on the shaft and where it came from. This is a keeper. I'll take it to America. Worth keeping it."

"That's a good find, Bob. Worth restoring," said one of the others.

Along with other objects, I am placed in a wheelbarrow, rolled out, and placed in a small gray lorry.

What did M. Bob say? I am a keeper. What does he mean?

I am going to America. What is this America?

REJUVENATION

I am in Paris! I knew I was there the moment I arrived. There is a special vibration to the air, exhibiting its distinctive feeling of culture and sophistication, not to mention the food and wine.

Yank, an American, had wrapped me up in brown paper, taking me in some sort of conveyance, an automobile, from London to Paris. I have been here a few days, resting in the paper wrapping, too tired to care about the confinement.

Paris! Wonderful Paris! This is where I belong. Oh, happy day! I am back!

However, what an embarrassment to the great tribe of umbrellas I am. I smell, even worse than Blotch. I am moldy and torn, and nothing works as it should. The American, M. Bob, took me to an umbrella repair shop called *Pep's Maison*, located at 223 Rue Saint-Martin in the 3rd arrondissement. The owner and master artisan is Monsieur Thierry Millet. M. Bob said I am to be fixed up. Then what?

It is shocking for me to discover that no one fixes most umbrellas. The answer is to throw them away. People buy cheap ones from street vendors, and maybe even from drugstores. Many of them are from a place called China. These times are not my times. Sadly, the glory is gone. What is going to happen to me?

Pep's lies in a small passageway in an old artisanal district, of the *Haut-Marais*. Row upon row of elegant and colorful French-made umbrellas met me as I peeked through a tear in the paper wrapper, where a broken rib had poked through. The sight of such beauty stunned me. I must be dead, and these are the angels!

However, no, they were only umbrellas for sale. Someone took me upstairs, and with almost religious ceremony opened up the brown paper wrapper, placing me in the center of a heavily scared, wooden table. Around me were hundreds of broken umbrellas, enormous piles of them. I am shocked to see boxes full of ribs, stretchers, handles, springs, and all the parts of deceased umbrellas. It was a graveyard, full of umbrella bones.

M. Millet came over to the table and carefully, hesitantly, picked me up. With respect, he slowly opened me as best as he could, looking at my condition. I am relieved to find, listening to M. Bob's questions, that he had artisan training at a French art school, making him versatile and skilled. However, I am not afraid of what will happen; after all, I am over 125 years old according to M. Bob. Little surprises me, although I must admit seeing the umbrella angels and the piles of umbrella bones were two quite shocking moments.

Piece by piece, he repaired me. Parts are restored, without replacing them, unless necessary. I am relieved he took none of the ribs or stretchers from the boxes of bones. He reworked and cleaned mine. My shaft was in good condition, needing only a vigorous, linseed oil rub to remove the accumulated dark grime from years of use and abuse. M. Millet removed the runner, latches, and springs, and cleaned and reinstalled them.

When he removed my handle, a process I hate, he found the long, steel dagger. Suddenly, the other workers in the room are also at the table, staring, talking excitedly about it.

When the excitement is over, he applied light oil to the black leather covering my handle, softening it. With a fine rounded tool, he moved along the outlines of the lions' heads removing the solidified, greasy crud filling them.

When the leather was softened and dry, he reattached it to the wood with glue and careful, tight stitches. He re-blackened the leather and mounted the silver cap, cleaned and buffed, on the end. Not having any idea as to why the dagger was there, he refastened it, polished and sharpened, to the handle, and inserted it into my shaft. I hated this. However, I was too weak to complain. Carefully, he screwed the handle into place.

I felt good about this. However, I was completely naked. He removed all the holed and ruined, black silk octavos and discarded them. I was just handle, shaft, fit-up, runner, stretchers, and ribs. The piles of broken umbrellas seemed to be ogling me, with nothing to cover my form. I felt like crossing my legs with modesty.

A young woman with small, delicate hands came into the room, picked me up and moved me to a separate table. I was opened ... I cannot say unfurled, because I had no silk to unfurl ... and tightly set in a rubber-faced clamp. Beside me, I saw a stack of shiny black silk octavos. With nimble hands, she fastened them to my ribs. Much better!

Back to M. Millet's table, I went. He reattached the cherry wood fit-up and capped it with the now shiny, silver cone. He slowly unfurled me and closed me again, checking alignment and ease of movement.

Nodding, he held me up, open, to his staff. Applause erupted. I was not sure what this was all about; I am just a simple, black, country umbrella from Aurillac in the south of France.

Looking about, M. Millet said, "Here's to M. Jean-Yves Paillargue, a master maker. We thank you, Monsieur, for we have learned a lot from this wonderful challenge."

Wrapping me in a soft, gray cloth and then in new brown paper, they placed me in a wooden box and shut it tight with screws. I hate this darkness, this confinement.

WHERE AM I GOING?

Strangers picked up the wooden box and carried it with care to a transport of some sort. Before we pulled away, I heard the voice of the American, M. Bob. "Thanks for your great effort, Thierry. Who would have thought that such a wreck could be made like new?"

Wreck? Was he talking about me?

I was hauled a short distance. The box was briefly opened, the paper and cloth were removed, and faces with blue caps atop looked down at me. The box was shut again, screws spun tight. Someone slapped something onto the box.

I was now on something rolling and rattling. Other things were bumping against me. More boxes with umbrellas? Where were we going?

Suddenly, I felt that I was rolling along, faster and faster. There was a great force, accompanied by a powerful roar. Then quiet, except for a softer roar. After a long period, I felt a going-down, a bump, a rolling, and then an abrupt stop. Unloaded, I was taken a short distance by ground transport, to a location I could not see.

AMERICA

For a long time, there was nothing but the darkness of the box. Alone, I lay there. What's next?

Someone opened the box, unwrapping me from the brown paper and the soft cloth. I was lifted and placed on a table. A bespectacled, slender woman, wearing a long white coat and white gloves, picked me up, and walked down a long hallway to a large illuminated room.

What was this place? I tried to make out a sign on the wall: *Smithsonian Institution*. What could this be? An institution? I had heard of places for crazy people when I was in Paris and London. Had I been committed to such a place in this America? I am fine! Really, I am fine! If only I could talk. I could explain. Explain what?

On a wooden platform in front of me, stood a well-dressed male manikin. Why, he looked like my old friend, Pierre! It was clothed just as I remembered him.

What was going on here?

Unfurling me and standing on tiptoes, she reached up and placed my handle in the manikin's upraised hand, clamping it in place. This felt good. However, why?

What is happening?

LOVE RETURNS

I was just getting used to being in the hand of the Pierre lookalike, when I heard a rattling, wobbly cart, one wheel trying to go in a different way than the other three, coming down the hall, bearing a dressed female manikin.

Amazing, she looked just like Pierre's lost love, Clarisse, the one with the little red umbrella! Moreover, she was wearing the green and golden-white dress, with the red shoes. I do not understand. What were these people doing?

After a male assistant lifted and installed the second manikin on the platform in front of the male manikin, the slender woman went back to the cart and lifted another wooden box, similar to the one I had been in, but shorter. She took out a short, paper-wrapped package, tore it open, and pulled aside the cloth covering it.

It was an umbrella, small and red, with a red lace fringe. Could it be?

Unfurling it, yes, it was the little red umbrella, my lost love! My stretchers were humming, my ribs throbbing. Even my shaft seemed to harden.

She placed the little red umbrella in the raised hand of the lovely Clarisse manikin.

I sensed her, surprised, looking at me. She seemed to blush, as before.

I was so happy, except for one thing. Where was the rain I love? Moreover, there was no sun either, just many bright lights high above.

Then, the manikins were set aside, each holding an umbrella. I could tell that my little red umbrella was confused, so I tried to put on my bravest appearance, unfurled, erect in Pierre's hand. This seemed to calm her.

There was much hammering and sawing, and moving things around. People stood there with large rolls of paper in their hands, pointing and discussing what would be best.

I looked over their shoulders as they came close to see what was on the papers. It was a scene, a picture. On it, I could see a bright, warm sunny day with fluffy white clouds. It was on a corner of a Paris street on the Île de la Cité, somewhere near the Place Dauphine. In a short distance was the ancient Pont Neuf, with la rivière Seine flowing slowly through its arches. To one side was the Sainte-Chapelle with its towering ornate stained glass windows, and further away the Cathédrale Notre-Dame de Paris.

I am not sure how they did it, but there were sunny days and rainy days with thunder and lightning. In addition, they had the deep sound of the bells of the church and the cathedral.

No matter, I was where I belonged. Each day as the museum lights come on, I see her. I feel her smile.

As the lights went off at night, she seemed to give me one last loving glance. We rested until morning. In the quiet darkness, I waited. Soon the sun would rise, and she would be there.

Oh, Pierre! We have our loves. At least I have mine. To the very end of my stretchers, I hope that you found yours.

*****

EL CUENTO DEL PARAGUAS NEGRO

UN DÍA SOLEADO

No estoy seguro de cómo el magnífico sol en alto sobre mí logra hacer lo que hace. Por momentos es muy brillante, un cálido día soleado con esponjosas nubes blancas. Luego, en lo que parecen ser horas regulares diarias, parece estar nublado, o al menos con la delgada luz de un día lluvioso, incluso una tormenta que llega con el murmullo y destello distante de *tonnerre et d'éclairs*. Estoy en la esquina de una calle parisina en la *Île de la Cité*, en algún lugar cerca de la *Place Dauphine*. A poca distancia se encuentra el antiguo *Pont Neuf* puente baluarte de piedra, con la *rivière Seine* fluyendo lánguidamente a través de sus hermosos arcos elípticos. Pequeños botes que transportan turistas pasan por debajo. Tan pacífico.

Monsieur Pierre Lefebvre, mi buen y paciente amigo, está conmigo, así como también la bella y encantadora Mademoiselle Clarisse Montpelier, su eterna amada. Además, estoy con mi sueño, aquella a la que amo. No nos movemos, ya que estamos fascinados por la vista ¡París! Si, la gran ciudad, la ciudad del romance. Pronto será de noche, luego la oscuridad de la noche, así que disfrutamos mientras podemos.

A la distancia, escucho las campanas de la iglesia, de la gótica majestuosa *Sainte-Chapelle* con sus imponentes vitrales ornamentados, y más lejos aquéllas de la *Cathédrale Notre-Dame de Paris*. Quiero voltear a verlas; sin embargo, me distraigo por una mirada amorosa de mi corazón. Ella viste de rojo, el color de la pasión *¡Oh là là!*

Es con pesar que soy llevado lejos de todo esto. Porque, hay una historia que debo contar.

FABRICANTE

Podrían pensar que soy vanidoso, egoísta; no es así. Sin embargo, ¡Es obvio para cualquiera que me vea bajando por el boulevard que soy un guapo caballero! Alto y delgado, ancho en la parte superior, no musculoso, pero en excelente forma, en mi plenitud. Me encanta estirar mi forma completa para que todos la admiren. Mi brillosa piel es una maravilla para la vista, un negro sedoso.

No, no soy un hombre. Soy un espléndido paraguas negro, un paraguas francés, un *parapluie*. Permítanme decirles más sobre mi maravilloso ser, para que puedan convertirse también en un admirador; tal vez sea mejor contarles mi fabricación. Sin embargo, prefiero pensar que "nací" porque mi maestro, Monsieur Jean-Yves Paillargue, me hizo con tanto cariño. Así, nací a finales del invierno del año 1884.

Sin embargo, antes de continuar, pido su extendida y comprensiva paciencia. Soy un tipo viejo ahora, con mucho más de 125 años. Me obsesiono con lo que para otros podrían parecer cosas triviales, pero no puedo evitarlo. Mi historia es bastante larga e intrincada, pero mi fabricación es importante para mi historia.

M. Jean-Yves Paillargue y su numerosa y hermosa familia vivían en una casa de piedra gris de dos pisos, con una tienda en la planta baja en la calle del frente y su *atelier*, taller, en la parte trasera con un balcón. La casa está situada en un acantilado de roca sobre la *rivière Jordanne* en el pequeño pueblo de Aurillac en la región del Auvergne al centro-sur de Francia. Es un pueblo mucho más grande ahora, pero era pequeño y hermoso entonces, al menos por lo que vi después desde el colgante balcón del atelier.

M. Paillargue, un habilidoso hojalatero, había estado viviendo en una pequeña villa rural en las laderas bajas de las montañas de *les Volcans d'Auvergne* al noreste, sobre Aurillac. Sin embargo, su necesidad de mayores ingresos para su creciente familia, lo llevó a mudarse a Aurillac, comenzando una nueva carrera, la fabricación de finos paraguas.

Nunca vi mi fabricación, sin ser consciente en lo mas mínimo de mi existencia hasta que, una vez terminado, me desplegó lentamente unas cuantas veces. Luego, sin ceremonia, excepto por un seco beso y un rasguño de su denso bigote en mi seda negra, me colgó por mi curvo y elegante mango en un perchero de múltiples ganchos en el atelier junto a otros de mi especie. Todos me dieron una sonrisa de bienvenida mientras me balanceaba lentamente hacia un descanso. No tenía idea de lo que era o para qué uso estaba destinado. Nadie me dijo que yo era un paraguas.

Suspendido ahí, miré a M. Paillargue en el atelier crear amorosamente otros paraguas, algunos para hombres, pero principalmente para mujeres. Los hombres pueden ser tan brutos al llevar un paraguas, en particular los británicos, quienes dicen que no es varonil y prefieren ser empapados por su horrible y fría lluvia del norte, aunque con el tiempo pueden cambiar para mejor. Las mujeres, sin embargo, saben la manera de utilizar un paraguas para realzar su belleza y forma natural. Fantásticas criaturas son las mujeres; me encantan. No hay nada más intrigante que un par de hermosos ojos mirando coquetamente a un hombre desde detrás de un paraguas inclinado.

Dios, divago. El proceso de fabricación es tedioso y consume mucho tiempo. Por favor, deben comprenderlo a fin de seguir mi historia.

Un paraguas tiene muchas partes: primero el largo y vertical bastón, diseñado para sostener una corredera circular que se desliza hacia arriba y hacia abajo del bastón y se mantiene en su lugar mediante una pestaña superior y una inferior. Al presionar la pestaña inferior, el paraguas de despliega. Cuando la corredera se levanta y pasa por la pestaña superior con un empujón, ésta sostiene el paraguas abierto. De manera opuesta, al liberar la pestaña superior y empujar hacia abajo la corredera, la pestaña inferior se enganchará y el paraguas se puede atar con una correa para prevenir una apertura repentina.

Mi bastón es de madera oscura de cerezo muy pulida. *Cerisier* ¿Sabían de ella? Es una madera muy pesada y fuerte. Estoy muy complacido de que tal madera haya sido utilizada para mi alma, el bastón, el núcleo de un paraguas.

Las habilidades tempranas de M. Paillargue, como hojalatero, entraron en juego en la fabricación de mis fuertes varillas y extensores. Los extensores están unidos a la parte superior de la corredera circular y una bisagra, un broche que une los extensores a las varillas. Los míos estaban bien hechos, como verán en mi futuro relato.

¡Oh! Aún no he terminado. Tengo un montaje de madera de cerezo en la parte superior de mi bastón que se extiende a un punto en el que está rematado por un casquillo redondeado de plata brillante. Sin embargo, es mi mango, en una bella curva, del cual estoy más orgulloso. Es también de madera de cerezo, cubierto con cuero negro cosido, labrado y estampado con cabezas de rugientes leones macho. Una punta plateada encaja al extremo del mango. Adicionalmente, si, mis ocho paneles de seda negra, los *octavos* ¡Me encantan! Su encantadora esposa, Marie, cortó y habilidosamente aseguró las ocho piezas triangulares a las varillas.

Grabados en la dura madera de cerezo de mi bastón, justo encima del mango, están el nombre de mi Maestro y mi lugar de fabricación, junto con una fecha: *Jean-Yves Paillargue, Aurillac, décembre 1884.*

Suficiente de mi fabricación. Vayamos con mi historia.

EL BANQUERO

Excepto por esas raras ocasiones en las que M. Paillargue llevaba todos sus paraguas al balcón sobre el río para ventilarlos, la vida en el mundo afuera de su tienda comenzó para mí con la abrupta apertura de la puerta de la tienda y la llegada de un corpulento hombre bien vestido a principios de la primavera de 1885.

–Bonjour Monsieur. Bienvenido a mi humilde tienda. Estaría honrado de servirle –dijo M. Paillargue, haciendo una reverencia.

Acariciando un largo, colgante y canoso bigote y mirando alrededor en la tienda, el hombre, con una voz arrogante, dijo:

–Me apetece adquirir un paraguas negro bien hecho. Debe ser solemne, de acuerdo con mi posición como banquero. Nada ostentoso, pero no tan común como lo que la mayoría querría –No se presentó, apenas mirando a mi Maestro.

–Le aseguro Monsieur, que todos mis paraguas están bien hechos. Siéntase libre de buscar. Ábralos para ver cómo lucen.

–Negro, simplemente negro. Tal vez con finos acabados plateados. Muéstreme algunos.

Caminando hacia el perchero de madera donde yo colgaba, M. Paillargue levantó uno a mi izquierda y otro, tres paraguas a mi derecha, diciendo:

–Tengo dos de posible interés para usted.

–Inclinándose hacia adelante con una mirada superficial–, –No, no me gusta ninguno de esos. No tengo un buen presentimiento sobre ellos. Tal vez tenga algo más, uno que pueda darme una apariencia más distinguida.

Los ojos se movieron a lo largo y de regreso sobre la larga línea de paraguas producidos durante el frío invierno pasado, junto con otros que había fabricado antes, pero que no había podido vender, M. Paillargue me detectó.

Con una sonrisa, –Monsieur, es probable que este sea el que le complacerá. Tiene unos maravillosos acabados plateados, con un bastón de madera de cerezo moderadamente oscuro y un mango envuelto en cuero negro labrado con las cabezas de leones rugientes, y la seda negra más ajustada que pueda adquirir. Le podrá servir en el peor de los climas. Las varillas y extensores son ajustadas; el más fuerte viento no lo dañará.

El banquero extendió una mano regordeta y suave, aceptándome. Me desplegó y cerró de forma brusca. Cerrándome apretadamente, envolviendo la correa alrededor, golpeteó mi casquillo contra el suelo, haciéndome sentir un poco atontado. Asintiendo con la cabeza.

–Si, parece muy bien hecho. Podría ser lo que quiero. Lo llevaré.

–Monsieur ¿Quiere llevarlo con usted o debería envolverlo para transportarlo?

–Envuélvalo, mi esposa y yo estamos en camino de París. Disfrutamos de sus quesos, el volcán y el viejo *Chateau de Saint-Etienne*, pero debemos volver a casa. Mi trabajo exige un rápido regreso.

No me gustaba estar envuelto en el papel. No podía esperar hasta estar afuera de tan miserable capullo. Encerrar un paraguas en cualquier cosa es cruel. Debe estar libre al aire, la lluvia y el sol. Incluso la correa me irrita.

Nunca volví a ver a mi querido Fabricante. Sin embargo, el mundo afuera de la tienda me esperaba, y tenía curiosidad.

Además ¿Qué era este París? ¿Me gustaría?

PARÍS

En el camino a París, no pude ver nada, ya que fui ubicado junto al hombre que me compró. Escuchando, aprendí el nombre de mi nuevo propietario, M. Michel Charpentier. La gente en el tren lo saludaba con respeto. Obviamente era un hombre de cierta importancia. Una mujer, a quien llegué a saber, era su esposa, lo llamaba Michel.

Por escuchar conversaciones, amortiguadas por el papel, supe que viajábamos en algo llamado *le train*. Era caliente, ruidoso y lleno de humo. El viaje, por lo que pude comprobar al escuchar a la gente quejándose a mi alrededor, era largo y arduo, con numerosas paradas.

Como un joven e ingenuo paraguas, no sabía que esperar cuando llegamos a París, donde de nuevo M. Charpentier me llevó y ubicó en el asiento de algún tipo de transporte. Tenía mucho que aprender. Todo lo que podía escuchar era un repetitivo clop-clop-clop y considerables empujones mientras rebotábamos hacia arriba y hacia abajo, retumbando con un repiqueteo.

Al llegar a lo que asumí debía ser la casa de M. Charpentier; una criada me llevó a una habitación, colocándome sobre una mesa. Aún envuelto, permanecí ahí, solo, por un largo tiempo, hasta que llovió. Entonces, fui liberado del confinante papel.

¡Lluvia! ¡Me encanta! Sin embargo, M. Charpentier la odiaba, pero no tenía opción una vez fuera de su carruaje. Me desplegó apresuradamente e inclinado, corrió hacia el banco. Alguien me colocó en una esquina con un grupo de goteantes compatriotas. Elegantes y orgullosos de su apariencia, no querían tener nada que ver conmigo, riéndose del recién llegado paraguas rural.

M. Charpentier amaba dar paseos por las estrechas calles y a través de los arbolados parques de París. Vi maravillosos edificios y gente interesante. Muchos lo conocían, intercambiando respetuosos saludos a medida que pasaban. La mayor parte del tiempo yo estaba cerrado; esto no es divertido. Empeora cuando, en días soleados, camina golpeando mi casquillo en el pavimento, o balanceándome ¿Por qué hace esto? Me daba dolor de cabeza ¡Oh, la delicia de los días lluviosos!

A pesar de quejarme por mis dolores de cabeza y mareos provocados por ser utilizado principalmente como un "bastón" por M. Charpentier, debo decir que disfruté sus largas caminatas catárticas en los parques de la ciudad. Podría haber ido en su elegante carruaje con el resto de su familia. Sin embargo, quería tiempo a solas; tiempo para vaciar su cerebro y considerar planes de inversión sin ser guiado por su equipo financiero. Por lo tanto, nos dirigíamos a uno de los muchos parques de París, con él pavoneándose con sus piernas regordetas a un ritmo rápido que me sorprendía, debido a que ordinariamente tenía poco interés en ejercitarse. Fue en una de estas agradables caminatas que descubrí mi parque favorito, el extravagante *Parc Monceau* en el pudiente 8vo distrito. Deben visitarlo de vienen a París, especialmente durante el otoño cuando sus magníficos árboles estallan en muchos tonos de rojo, amarillo y naranja.

Parc Monceau es más un jardín de estilo inglés o alemán que uno francés; sin embargo, reconozco a estas culturas inferiores por su resultante belleza y creatividad. Originalmente diseñado y construido en 1778 por el

Duque de Chartres, tiene sorpresas o *follies* por todo el parque: una pequeña pirámide egipcia, una columnata corintia, estatuas antiguas, un fuerte chino, un estanque de lirios acuáticos, un puente veneciano, un molino de viento holandés, un templo de marte, un minarete, un viñedo italiano, una gruta encantada y una ruina medieval. Por un tiempo cayó en decadencia, siendo restaurado en 1860. No estoy seguro de lo que es ser un niño humano; sin embargo, me trajo ese disfrute y emoción.

De este modo, llegué a conocer algo de esta maravillosa ciudad, París. El sentimiento nunca me abandonaría, como verán en el resto de mi historia.

SALVADO

Como dije, era ingenuo, un pueblerino rural. Los otros paraguas tenían razón sobre mí. Así que ¿Cómo podría haber sabido lo que iba a suceder y, aun así, ser capaz de advertir a M. Charpentier?

Era tarde en el día. M. Charpentier había estado fuera del banco, asesorando a un cliente importante. Cuando salimos del negocio, no pudo encontrar el carruaje. Estaba lloviendo fuerte; el viento era severo. En la penumbra de la fría y torrencial lluvia, M. Charpentier se echó para adelante, utilizándome como un escudo, viendo poco, tropezando casi ciegamente. Él, corriendo hacia adelante para escapar el golpeteo, se escurrió dentro de un oscuro y angosto callejón con una pequeña saliente para tener un pequeño respiro del clima.

De pie allí, no vio al bajo hombre moreno moviéndose desde la profunda oscuridad del callejón con una pequeña pistola negra.

–Bien, bien –una bufanda se levantó sobre la parte inferior de su rostro–, –¡Mira a quién tenemos aquí! Un hombre de dinero obvio. Monsieur ¡Deme su billetera!

Sin previo aviso, M. Charpentier me arrojó, todavía desplegado, por el aire hacia el hombre. El arma se disparó tres veces y caí al suelo. M. Charpentier corrió dando vuelta a la esquina tan rápido como sus cortas piernas le permitieron, sin dar un vistazo atrás.

Yo estaba aturdido, en estado de shock. Solo, rodaba hacia adelante y atrás en el ventoso callejón, estrellándome de una pared a otra. El sonido distante de pies, corriendo por el callejón. Luego, silencio.

Después de un tiempo, mirando alrededor con precaución. M. Charpentier y un alto *gendarme* regresaron al callejón, en busca del tirador. No encontraron rastro de él.

M. Charpentier se acercó a donde yo yacía contra una pared de ladrillos, roto. Tenía tres agujeros en mi linda tela de seda negra. Una de mis varillas estaba doblada. El agua corría por su cara redonda, el largo bigote goteaba; me miró con ojos tristes, juntándome con cuidado y dijo, en una voz baja y temblorosa:

–Te pondremos como nuevo. Salvaste mi vida.

Tenía que reír. No ¡Salvé tu dinero! Esta fue mi primera lección sobre la insensibilidad y rareza de los humanos.

EL HOSPITAL DE PARAGUAS

Pasé tres semanas en el hospital de paraguas; mi término sarcástico para tales talleres de reparación, de los cuales había muchos en París. Fui afortunado de estar en uno con un artesano habilidoso. M. Charpentier, siendo un hombre de dinero, pudo costear el mejor. Sin embargo, mi recuperación fue lenta, y no a mi entera satisfacción.

Reparaciones, sí. Sin embargo, no la atroz y brutal modificación que me hicieron. Si hubiera podido huír, lo habría hecho. Desenroscando mi curvo mango, un asistente, un cretino insufrible, le adjuntó una larga y afilada daga de acero. Ahuecó mi bastón y reinsertó el mango con la fea daga. No me sentía bien por tener esa horrenda cosa en mi interior. Tal vez M. Charpentier pensó que me usaría a mí, la daga, para defenderse la próxima vez. Yo no lo recomendaría, con un hombre que posiblemente tuviera un arma.

Reemplazaron la varilla dañada; esto fue lo que tomó más tiempo. M. Paillargue, mi fabricante en Aurillac, envió una nueva, y tres nuevos paneles de seda negra a juego. Mi dueño era fiel a su palabra. Sin embargo, nunca le perdonaría por llenar mis entrañas con ese horrible acero afilado. Tomó un largo tiempo para que el insoportable picor que causaba en mi bastón desapareciera. No tengo manera de removerlo, vivo con eso, entristecido.

M. Charpentier nunca tuvo que utilizar la daga. Dudo que hubiera sido tan tonto para tratar de protegerse, en vez de deshacerse de su billetera. Me dejó de lado en un gancho de pared en su oficinaa, sin uso, hasta que en un día lluvioso me entregó a un joven asistente de banco. Al no tener un uso a largo plazo para mí, ya que no era su estilo, el tipo me vendió a una pequeña boutique. Estuve ahí por un largo tiempo, anhelando la lluvia, incluso el sol.

LA BOUTIQUE

¡Lluvia, lluvia!¡*Dieu merci!*¡Finalmente estoy fuera de aquí!

Era mediados de mayo de 1886, el peor mes para estar al arie libre en París. La puerta de la boutique se abrió de golpe, azotando contra la pared. Un hombre alto y joven estaba de pie, frío y empapado. Sacando un largo pañuelo blanco de un bolsillo, se secó la cara, mirando a su alrededor, como buscando algo en particular.

–*Bonjour, Monsieur* ¿En qué le puedo servir? –Una vieja y rolliza mujer preguntó desde donde estaba sentada en una cómoda silla junto a una estufa de leña, calentándose del frío y humedad de la mañana.

–*Bonjour, Madame*. Debería ser muy obvio lo que necesito, un paraguas.

–*Un parapluie*. No contamos con nuevos, sólo los usados que he adquirido a través del curso de mi negocio. Están tal y como cuando los obtuvimos, en el anaquel más cercano a la pared trasera. Supongo que debería moverlos hacia el frente de mi tienda en días como este. Siéntase libre de mirarlos. Si encuentra uno, le diré el precio.

Desde mi posición en el grupo mal organizado de otros paraguas de cuestionable calidad y, tal vez, de origen desagradable, lo vi acercarse. No tenía idea que conocer a este humano sería tan importante para mí.

Como paraguas, tengo la oportunidad de observar mejor que la mayoría de los humanos, dado que no tengo nada más en qué ocupar mi tiempo, aparte de estar listo para la lluvia o el sol, o incluso para tener dolores de cabeza cuando algún tonto me golpetea en el suelo mientras camina. Además, debido a que estoy con ellos la mayor parte del tiempo, lentamente aprendo su manera de reaccionar a los eventos o incluso a su manera de hablar.

Mi caballero, si es que puedo llamarlo mío, por que en eso se convertiría, estaba vestido con una levita negra de cuello angosto, con pantalones rectos de color gris oscuro, un corto y negro chaleco y una camisa con cuello blanco alto y rígido. Envuelta alrededor del cuello y pobremente atada al frente, colgaba una corta y arrugada corbata de seda marrón oscuro. Su empapada levita de corte cuadrado y cruzado quedaba ajustada en su torso y terminaba hasta medio muslo. Los pantalones, empapados en la parte inferior, cubrían unas botas negras lodosas y desgastadas. Su oscuro cabello era muy corto y cortado cerca de su cabeza. Una delgada barba y bigote no ocultaban del todo las enjutas mejillas, al no tener una madurez completa.

Hurgando en el enredado montón de paraguas usados, sacó compras potenciales, una después de otra hasta que quedaron pocas. Entonces, me avistó.

Sacándome de entre las apretadas varillas y extensores de los otros, podía ahora respirar. Me pregunté *¿Ahora qué sigue?* Entonces, desplegándome, preguntó a la mujer:

—Este puede bastar ¿Cuánto cuesta?

—Conozco a ese, es el mejor del grupo. Sin embargo, no tomaré ventaja de usted en un día tan lluvioso y frío como este. El precio, normalmente sería de 60 *céntimos*. Sin embargo, si tiene 50 *céntimos*, estaría muy feliz.

Esto le pareció razonable a mi caballero. Sacó una billetera de cordones café, pagó a la mujer con un puñado de monedas ¡Estaba fuera de ahí!

¡Lluvia, lluvia! Estoy de vuelta donde pertenezco. Paseamos por el gris de la mañana, deteniéndonos por hojaldres y un café negro fuertemente azucarado en camino a su modesto alojamiento estudiantil, donde se cambió de ropa, dejándome abierto en un rincón para secarme. Parecía un lugar agradable, mi nuevo hogar. Sí, me gustaba. Además, él parecía ser una persona agradable.

A diferencia de M. Charpentier, el egocéntrico banquero, mi nuevo dueño parecía tener un gran cariño por mí, y yo por él, el cual creció con el tiempo. Él tomaba gran cuidado en asegurarse de que me secara y aireara correctamente después de una lluvia, también, frecuentemente pulía mis terminados de plata. Su nombre era M. Pierre Lefebvre, aunque siempre me dirigí a él como Pierre, mi buen amigo.

UN PASEO POR UN PARQUE PARISINO

Pierre era un estudiante en la Sorbonna, que también trabajaba en el *Muséum National d'Histoire Naturell*e como curador y preparador de restos fósiles de animales antiguos. Un joven tranquilo, pasaba la mayor parte de su tiempo estudiando, intentando avanzar en conocimiento y en su carrera como paleontólogo. En su tiempo libre, el cual era poco, paseaba por los parques de París, siempre llevándome con él.

Yo sabía que se sentía solo por sus vistazos melancólicos a jóvenes parejas que pasaban caminando a su lado. A menudo dejaba escapar un lenta y profunda exhalación, echando los hombros hacia atrás, continuando con su camino.

Era un cálido y soleado día del verano de 1887 cuando el cambio llegó, no sólo para él, sino también para mí, inesperadamente, ya que no esperaba un cambio, dado que soy un paraguas. Teníamos nuestro trabajo por hacer, nada más ¿Cierto?

Pierre, conmigo colgando por mi mango de su brazo derecho, caminaba a un paso moderado por un sendero ancho de grava, bordeado por altos árboles plumosos que se mecían suavemente con una ligera brisa matutina. El sol daba en su cara, ambos disfrutábamos la combinación de calidez y la suave caricia del aire. Yo hubiera preferido una ligera y chispeante lluvia sobre mis octavos. Sin embargo, no se puede tener todo.

De pronto, a la distancia, dando la vuelta a una curva del sendero, apareció una figura suavemente contorneada. Vaciló en la luz como un espejismo sobre la superficie caliente del desierto. Acercándose, era obvio que se trataba de una joven mujer; el sol detrás mostraba su forma delgada y delicada, dibujando su silueta.

Pierre disminuyó su paso hasta casi detenerse, arrastrando los pies, mirándola conforme se nos acercaba. Ella, sin embargo, parecía estar en otro sitio, deambulando, a menudo deteniéndose a mirar una flor o un ave perchada en un árbol.

A unos diez metros de nosotros, se mostró completamente. Si, el sol no estaba mintiendo; llevaba un vestido ajustado, verde oscuro con un panel blanco dorado al frente con forma de reloj de arena. Lucía majestuosa. De hecho, supe más tarde, que su vestido era del estilo conocido como "línea princesa". Las mujeres mayores no habrían usado este estilo, pero entre las mujeres jóvenes se había vuelto popular insinuar la forma femenina natural, de alguna forma encorsetada. La falda se ajustaba a sus caderas, ensanchándose ligeramente hacia abajo, casi tocando el suelo. El panel blanco con forma de reloj de arena se encuadraba sobre sus pequeños senos, con un cuello de encaje con volantes del mismo material blanco alzándose hacia arriba y extendiéndose alto sobre la parte posterior de su cabeza. De manera similar, unos volantes más pequeños completaban unas ajustadas mangas verdes hasta el codo. Una larga línea de pliegues horizontales del mismo volante blanco se extendía en ondulaciones desde su cintura hacia los pequeños zapatos rojos, los cuales se mostraban en destellos conforme caminaba hacia nosotros.

Se acercó, iluminada por el sol, brillando, con el cabello rojo rizado en alto y atado en un rodete en la parte posterior. Un largo bucle, oscilaba mientras caminaba, cayendo sobre su hombro.

Con el aturdido e inmóvil Pierre bloqueando su paso, ella se detuvo. Sorprendida lo miró con unos sonrientes y brillantes ojos verdes. Era una cabeza más pequeña.

—Disculpe, Monsieur ¿Puedo pasar?

—Oh, sí. Acepte mis disculpas. Estaba absorto en algo, una hermosa aparición que vi bajando por el sendero.

Este no era mi Pierre ¡Qué cambio se había apoderado de él! Qué espontáneo era ahora.

¿Qué estaba sucediendo?

Ella se sonrojó. Entonces, noté a su acompañante, sostenido en alto, un abierto, pequeño, delicado paraguas rojo con un flequillo de encaje rojo alrededor. No pude evitar mirarlo. El paraguas rojo pareció sonrojarse en rosa y regresar a rojo mientras le miraba boquiabierto. Si hubiera sido humano, habría tenido que decirme a mí mismo que cerrara la boca.

Estaba pasmado. Sentí un intenso calor hasta mi núcleo ¿Era esto lo que le estaba sucediendo a Pierre?

Haciéndose a un lado, Pierre, de nuevo para mi asombro, dijo calmadamente:

—Disculpe Mademoiselle. Fui tomado por sorpresa al mirar tan hermosa mujer en mi paseo matutino.

Sonrojándose aún más, ella pasó.

Pierre volteó, viéndola partir.

Luego, a la distancia, ella se detuvo al lado del sendero, inclinándose para mirar algo bajo junto a un gran y frondoso árbol. Volviéndose hacia nosotros, sonrió. Esperaba que el pequeño paraguas rojo estuviera también sonriendo.

Con un paso alegre, Pierre continuó su camino, balanceándome. Ser balanceado me marea. Sin embargo, ya estaba desde antes, bastante mareado.

¿Quién era la hermosa cosa roja que me había robado el corazón?

¿QUÉ ES ESTA COSA LLAMADA AMOR?

Casi a diario, Pierre y yo tomábamos a propósito una caminata matutina a lo largo del mismo sendero a través del parque, con la esperanza de verlas de nuevo. Los días pasaron. Entonces, en una mañana soleada similar, vimos a la joven mujer viniendo hacia nosotros, vestida como antes, y de nuevo, sosteniendo el pequeño paraguas rojo.

Deteniéndose frente a Pierre, inclinando la cabeza hacia arriba, sonrió diciendo:

–Bonjour, Monsieur. Nos volvemos a encontrar.

En este punto, Pierre se convirtió en un tonto tartamudo, no era el mismo caballero seguro de sí mismo del otro día.

–Ella se rió–. –¿No tiene nada qué decir?

Recobrando la compostura, Pierre dijo:

–Debo repetir lo que dije la última vez que nos encontramos. Usted es hermosa.

Ella se sonrojó como antes.

Aprovechando el momento, Pierre preguntó:

–¿Puedo acompañarla en su paseo por el parque?

–Si, eso sería lindo –sosteniendo el paraguas rojo delante de ella y mirando tímidamente a través de la parte superior. Sus ojos verdes brillaron–. –¿Cuál es su nombre?

—Con una baja reverencia—, —Pierre, Pierre Lefebvre, Mademoiselle. Y ¿Puedo preguntar el suyo?

—Clarisse, Clarisse Montpellier —haciendo una reverencia.

Entonces, así comenzó. Nos encontrábamos frecuentemente. Ella y Pierre charlaban sobre cualquier cosa que se les ocurriera. Era maravilloso también para mí, pasar tiempo con el pequeño paraguas rojo al que parecía agradarle mi presencia. No hablábamos; sin embargo, había algo especial en el aire, un cosquilleo, mientras nos mirábamos el uno al otro.

Más tarde, cuando se acercaba el otoño, mientras caminábamos juntos bajo una ligera llovizna, llegamos a un gran árbol colgante. Deteniéndose, de pie muy cerca, ella se volvió hacia Pierre, mirándolo fijamente. Él se inclinó hacia adelante y le dio un ligero beso en sus labios. En el proceso, las puntas de mis varillas tocaron las varillas del pequeño paraguas rojo ¡Pop! Pareció que un poco de electricidad pasó entre nosotros.

¿Qué era esto? ¿Era esto amor?

AMOR PERDIDO

No entiendo esa cosa llamada amor. Se siente tan maravilloso, y puede herir hasta el centro de la existencia cuando va mal o simplemente se va.

En pleno otoño, con la mayoría de las hojas cayendo, conforme comenzó a enfriar y el invierno comenzó a afilar sus dientes, Pierre y Clarisse caminaron a lo largo del sendero, aquél en el que se habían visto por primera vez. Acercándose a una banca, Clarisse, con lágrimas repentinas en sus ojos, dijo:

–Sentémonos. Tengo algo que debo decirte.

–Por supuesto ¿Qué sucede? No me gusta verte así.

Con las manos en su regazo, apretándose, sin mirarlo, se inclinó hacia adelante, sollozando. En una voz baja:

–No podemos seguir viéndonos más.

–Pierre, aturdido–, –¿Por qué? ¿Qué he hecho?

–No haz hecho nada. Te amo, con todo mi corazón.

–¿Entonces?

–Es lo que mi padre ha hecho. Ha hecho arreglos que conozca a alguien más, un hombre mayor que él considera más apropiado para la familia.

–Pero tu padre no sabe nada de mí ¿Por qué diría que no puedo verte?

–Es un hombre poderoso. Tiene sus maneras.

—No sabe nada de mí. Necesito hablar con él.

—Él te conoce ¿Crees que una mujer joven podría caminar por estos senderos sola? No, él ha tenido a alguien siguiéndome todos los días, desde el principio. Mira hacia el sendero detrás de nosotros, en la distancia ¿Ves al hombre con el paraguas marrón que justo acaba de sentarse en una banca? Ese es el hombre. Tiene a otros. Han averiguado todo sobre ti. No es que él piense que eres malo, simplemente no eres aceptable.

—¿Entonces? Deberíamos acercarnos a él, juntos. Si puedo hablar con él, sabrá que soy una buena persona, aceptable.

—No, no funcionaría. Él nunca se reunirá contigo. Me ha dicho que debemos dejar de vernos. No tengo opción.

Pierre trató de abrazarla, pero ella lo alejó.

—No, sólo lo hará más difícil. Debo irme.

Se puso de pie, lo miró profundamente, y luego, sollozando, se volvió para irse por el sendero por el que habían llegado.

Un gran viento frío y húmedo resopló a través de los casi deshojados árboles a lo largo del sendero. Yo salí volando de la mano de Pierre hacia la maleza. Pierre se puso de pie, mirando el lento caminar de Clarisse cada vez más lejos de él, cada pequeño paso atravesando su corazón.

Conforme ella daba vuelta en la esquina, hubo un destello rojo. El pequeño paraguas rojo de mi corazón también se había ido.

Pierre me sacó cuidadosamente de las ramas, cerrándome lentamente, y entonces caminó a casa bajo la ligera lluvia, desprotegido.

SOLO

Excepto por los días lluviosos, descanso en un rincón polvoriento, sin uso. Casi nunca vamos de paseo, y nunca al parque donde el amor entró en nuestras vidas. Pierre se adentró más profundo en sus estudios y trabajo, perdido. Nunca ríe. Para mí, los días son un flujo continuo de tristeza, soledad. Nunca había conocido tal sentimiento.

Las memorias de mi corto dulce amor me torturan. Sé cómo él se siente. Sin embargo, a diferencia de él, no tengo nada más que hacer para sacar mi mente de ese maravilloso pasado. Aún, en mis sueños, la veo, roja y sonriente. Todavía siento el "beso".

Si, los paraguas tienen sentimientos. Pueden soñar. Además, pueden llorar. Sin ser vistos o escuchados y sin lágrimas.

Pierre terminó sus estudios. Aceptando un nombramiento para participar en una excavación de fósiles en el norte de África, ya no tenía un uso para mí. Necesitaba fondos para prepararse para el viaje. Entonces, me encontré en una pequeña tienda que vendía misceláneos, junto a otras de sus posesiones innecesarias. No estoy molesto con esta disposición hacia mí; estoy contento de haber tenido a Pierre como amigo, uno que compartió sus sentimientos conmigo.

Mi tiempo en la tienda fue corto. Un dandy inglés, quien admira las formas francesas de hacer las cosas, me compra. Antes de partir hacia su tierra natal, me lleva para hacerme algunas reparaciones menores y limpieza. Estoy agradecido por ello.

ALICE

Londres no es París; es gris y deprimente. No tiene los colores de aquella gran ciudad. Además, no me agrada mi nuevo propietario. Odio la manera en la que se pavonea, girándome. Me hace sentir tan atontado. Se viste con demasiada ropa de estilo francés, piensa que es ingenioso, y generalmente toma los aires, que son impulsados por su necesidad de estar en una escala social más alta de la que ocupa. Pasa su tiempo persiguiendo mujeres solteras adineradas, cuando él sólo tiene peniques. Siempre, se pavonea conmigo, haciéndome girar.

La vida con este ridículo vanidoso no dura mucho. Sin éxito en sus esfuerzos, pronto se cansa de mí, intercambiándome a un comerciante por algunas provisiones.

Me mantienen apoyado cerca de la puerta frontal de la tienda, para ser utilizado por los clientes que necesitan protección contra esta horrible y fría lluvia del norte. No puedo recordar todas las personas sin rostro que me han usado para su comodidad, y luego me han devuelto para esperar a la siguiente persona. Nadie me da el cuidado necesario para mantenerme listo para la lluvia. Ya no soy guapo, sólo utilitario. Mis negros octavos están manchados. Me abro con un crujido de mis varillas y extensores. Mis acabados plateados tienen un color opaco, no vale ni siquiera la pena quitarlos y venderlos por su contenido de metal fundido. Soy un desastre asqueroso, un desdichado miserable.

Un día, alguien olvida de devolverme a la tienda. Paso de mano en mano durante varios años, terminando en la despensa de una feliz familia en York. Me aprecian. De hecho, me limpian un poco, incluso pulen mis partes plateadas. El padre, un maestro, es el que más me usa. La madre tiene su propio paraguas, o como ellos nos llaman aquí, un "brolly". La joven hija, la pequeña Alice, ama llevarme, riendo sin control mientras ráfagas de viento de las tierras altas casi la levantan del suelo.

El tiempo pasa rápido, y hay sorpresas por delante, no sólo para mí, sino también para esta familia. He llegado a querer al amable hombre. Sin embargo, sin previo aviso, enfermó y murió.

¿Ahora qué? Para mi sorpresa, la pequeña niña me agarra y sostiene contra su pecho. Amaba a su padre; me ama. En días lluviosos, me lleva orgullosamente, a menudo siendo derribada por fuertes vientos que me atrapan. Me río con ella.

Aquí, pensé, tal vez seré feliz de nuevo. La niña parece estar encariñada conmigo, y yo de ella. No es el amor que conocí con el pequeño paraguas rojo. Sin embargo, es suficiente. A menudo pienso en Pierre, Clarisse…, y ella… pero me hace sentir muy triste.

Sabía que aún este período algo feliz estaba condenado. La niña, ahora mayor, fue a la escuela, distraída por sus amigos, me dejó en una banca en la parada del transporte escolar.

Ahí yací ¿Y ahora qué?

BLOTCH

A medida que el transporte escolar se alejaba, un tipo delgado, taimado, con marcas de viruela y con cabello fibroso, moviéndose casualmente, caminó hasta la parada. Mirando a su alrededor, me desliza bajo un brazo, se aleja.

¿Quién era él? ¿A dónde me llevaba? Traté de gritar ¡Alice, regresa! No sirvió de nada.

Pido disculpas por estos incidentes amontonados y sin sentido, uno tras otro, mientras cuento mi historia. Así es como ha sido mi vida últimamente, con muy pocos puntos a resaltar para decir que alguna vez existí o tuve una buena vida.

Más que taimado, Derek Blotch era un humano repugnante, quizá del rango más bajo. Rara vez se bañaba, con ropa que olía a sudor y a rancios aceites corporales, yo no podía soportar sus ásperas y asquerosas manos en mi mango. Nadie como él me había sostenido antes.

Me llevó a lugares que un paraguas decente jamás habría considerado visitar ¿Alguna vez han estado en un burdel? Espero que no. Yo, un elegante paraguas francés, arrojado contra la pared mientras él y una gorda mujer gruñen en una gran cama, casi colapsada.

Luego, en hostiles tabernas, con él vomitando sobre mí mientras caía al suelo en un charco. Al menos estaba lloviendo cuando gateando, me abrió torpemente, la espesa mucosidad amarillo-verdosa se escurría. Agradezco a mi Fabricante por esta lluvia.

Peor fue para lo que realmente me utilizó. Caminaba de una sórdida y derruida casa a otra, buscando dentro de mí pequeños paquetes de opio y otras drogas. Gente extraña de ojos salvajes, balbuceando incoherentemente, le entregaban dinero furtivamente. Guardándolo en su bolsillo, se dirigiría a una taberna para gastarlo todo. Era un círculo vicioso. Afortunadamente, las drogas que cargaba no me afectaron.

La libertad para mí llegó un día, o pensé que así sería. Blotch intentó vender sus drogas a la persona equivocada, un policía encubierto. Tomaron sus drogas y lo llevaron a la cárcel.

¿Yo? Las autoridades me pusieron en un frío, húmedo y oscuro almacén, utilizado para guardar evidencia criminal.

UNA MUERTE LENTA EN EL ALMACÉN

¿Qué año es? Encerrado en este viejo almacén no permite a uno darse cuenta de los eventos, tener una idea del paso del tiempo.

A mi alrededor hay otros objetos desconocidos descomponiéndose en la oscuridad. Aunque estoy empacado en una caja, etiquetado, la humedad me ha pasado factura. Los insectos se han comido el cartón hasta hacerlo pedazos, permitiéndome mirar las vigas metálicas del techo oscuro. Una familia de arañas corre hacia arriba y abajo de mis ahora expuestas varillas y extensores. Estoy cubierto de suciedad. Mis brillantes octavos de seda están opacos y agujerados por hambrientos insectos y por ratones en busca de material para sus nidos. Mi mayor orgullo, mi mango, se descarapela, las costuras están podridas y el cuero se ha secado, al no haber tenido el aceitado periódico necesario. Los acabados plateados están opacos, con una costra oxidada ¿Es esta la muerte que los humanos a menudo mencionan y temen?

De vez en cuando, las puertas rechinan y son abiertas, arrastrándose por el suelo. Más objetos son traídos y agregados a las pilas. Algunos se derrumban sobre mí, doblando mis varillas.

Oscuridad, de nuevo. Llueve. Escucho la lluvia cayendo sobre el techo y corriendo por las sucias ventanas. Es una apacible llovizna inglesa, excepto cuando las tormentas llegan desde el suroeste. Luego llueve a raudales, haciéndome sentir más deprimido. Oh, cómo me encantaría estar dando un paseo bajo la lluvia, aunque haga frío.

¿Es aquí donde voy a morir?

YANK

No estoy seguro de qué año es, pero muchos deben haber pasado. Si tuviera un cerebro, estaría a estas alturas como loco azotándome contra las paredes.

Entonces, un día, las puertas se abren con un ruidoso chirrido y un estruendo, tanto, que una de ellas se desprende de sus oxidadas bisagras. Escucho un gran grupo de bulliciosos hombres deambulando. Comienzan a escudriñar el contenido del almacén, arrojando cosas a una pila a la que llaman "basura" y otra a la que llaman "tesoro". No estoy seguro de qué es lo que esto significa. Los hombres ríen mientras trabajan; llamando en broma a uno de ellos "Yank".

Toma un tiempo, ya que me encuentro al fondo de muchos años de contribuciones al almacén. De pronto, veo la luz y sus rostros.

Yank me saca del resto de la basura, diciendo:

−Esto parece interesante, parece ser muy viejo, no queda mucho ¡Uau! Fabricado en 1884. Incluso incluye el nombre del artesano en el bastón y de dónde proviene. Esto es definitivamente algo que vale la pena. Lo llevaré a América. Vale la pena conservarlo.

−Es un buen descubrimiento, Bob. Definitivamente vale la pena restaurarlo −dijo uno de los otros.

Junto con otros objetos, me colocan en una carretilla, me sacan y colocan en un pequeño camión gris.

¿Qué fue lo que dijo M. Bob? Soy algo que vale la pena ¿A qué se refiere?

Voy a América ¿Qué es esta América?

REJUVENECIMIENTO

¡Estoy en París! Supe que estaba allí en el momento en el que llegué. Hay una vibración especial en el aire, exhibiendo su sentir distintivo de cultura y sofisticación, sin mencionar la comida y el vino.

Yank, un americano, me había envuelto en papel marrón, llevándome en una especie de transporte, un automóvil, de Londres a París. He estado aquí algunos días, descansando en el envoltorio de papel, demasiado cansado para preocuparme del confinamiento.

¡París! ¡Maravilloso París! Aquí es donde pertenezco ¡Oh, feliz día! ¡Estoy de regreso!

Sin embargo, qué vergüenza para la gran tribu de paraguas soy. Huelo mal, aún peor que Blotch. Estoy mohoso y rasgado y nada funciona como debería. El americano, M. Bob, me llevó a un taller de reparación de paraguas llamado *Pep's Maison*, ubicado en la Rue Saint-Martin número 223 en el 3er distrito. El propietario y maestro artesano es Monsieur Thierry Millet. M. Bob dijo que debo ser reparado ¿Luego qué?

Es impactante para mí descubrir que nadie repara a la mayoría de los paraguas. La respuesta es deshacerse de ellos. La gente compra paraguas baratos de vendedores callejeros, y tal vez incluso de farmacias. Muchos provienen de un lugar llamado China. Estos tiempos no son mis tiempos. Tristemente, la gloria se ha ido ¿Qué sucederá conmigo?

Pep's se encuentra en un pequeño callejón en un viejo distrito artesanal del *Haut-Marais*. Filas y filas de elegantes y coloridos paraguas hechos en Francia se encontraron conmigo en el momento en el que eché un vistazo a través de una rasgadura en el envoltorio de papel, donde una varilla rota sobresalía. La vista de tal belleza me aturde ¡Debo estar muerto y estos son los ángeles!

Sin embargo, no, son sólo paraguas en venta. Alguien me llevó escaleras arriba, y con ceremonia casi religiosa abrió el envoltorio de papel marrón, colocándome en el centro de una mesa de madera con muchas cicatrices. A mi alrededor hay cientos de paraguas rotos, enormes pilas de ellos. Estoy conmocionado de ver cajas llenas de varillas, extensores, mangos, resortes, todos partes de paraguas muertos. Era un cementerio, lleno de huesos de paraguas.

M. Millet vino a la mesa y cuidadosamente, vacilante, me levantó. Con respeto, lentamente me abrió de la mejor manera que pudo, mirando mi condición. Me siento aliviado al descubrir, escuchando las preguntas de M. Bob, que tuvo entrenamiento artesanal en una escuela francesa de arte, haciéndolo versátil y hábil. Sin embargo, no tengo miedo de lo que sucederá; después de todo, tengo más de 125 años de acuerdo con M. Bob. Poco me sorprende, aunque debo admitir que ver los paraguas ángeles y las pilas de huesos de paraguas fueron momentos bastante estremecedores.

Pieza por pieza, me reparó. Las partes fueron restauradas, sin reemplazarlas, a menos que fuera necesario. Estoy aliviado de que no utilizara ninguna de las varillas o extensores de las cajas de huesos. Limpió e hizo que los míos volvieran a funcionar. Mi bastón estaba en buenas condiciones, necesitando sólo un vigoroso frotamiento con aceite de linaza para remover la oscura suciedad acumulada de años de uso y abuso. M. Millet removió la corredera, pestañas y resortes, los limpió y reinstaló.

Cuando removió mi mango, un proceso que odio, encontró la larga daga de acero. De pronto, los otros trabajadores en la sala se encontraban también en la mesa, mirando, hablando con entusiasmo al respecto.

Cuando pasó la excitación, aplicó aceite ligero al cuero oscuro que cubre mi mango, suavizándolo. Con una fina herramienta redondeada, se movió a lo largo de los contornos de las cabezas de león, removiendo la mugre solidificada y grasienta que las llenaba.

Una vez que el cuero estuvo suavizado y seco, lo recolocó en la madera con pegamento y cuidadosamente hizo apretadas puntadas. Volvió a oscurecer el cuero y montó el tapón de plata, limpio y lustrado, en el extremo. Sin tener idea de por qué la daga estaba ahí, la volvió a asegurar, pulida y afilada, al mango y lo insertó en mi bastón. Odié esto. Sin embargo, estaba muy débil para quejarme. Cuidadosamente, atornilló el mango en su lugar.

Me sentí muy bien con esto. Sin embargo, estaba completamente desnudo. Removió todos los arruinados y agujerados octavos de seda negra y los desechó. Yo era sólo mango, bastón, montaje, corredera, extensores y varillas. Las pilas de paraguas rotos parecían mirarme lujuriosamente, nada para cubrir mi forma. Sentí ganas de cruzar las piernas con pudor.

Una joven mujer con pequeñas y delicadas manos entró al cuarto, me levantó y llevó a una mesa separada. Fui abierto… no puedo decir que, desplegado, debido a que no tenía seda para desplegar… y firmemente colocó una abrazadera con terminados de caucho. A mi lado, vi un montón de octavos de brillante seda negra. Con ágiles manos, los aseguró a mis varillas ¡Mucho mejor!

Fui de vuelta a la mesa de M. Millet. Él reinsertó el montaje de madera de cerezo, y lo remató con el ahora brillante cono de plata. Lentamente me desplegó y cerró de nuevo, revisando el alineamiento y la facilidad de movimiento.

Asintiendo con la cabeza, me sostuvo en alto, abierto, a su personal. Estallaron los aplausos. No estaba seguro de qué se trataba todo esto; sólo soy un simple, negro y rural paraguas de Aurillac en el sur de Francia.

Mirando a su alrededor, M. Millet dijo:

—Esto va para M. Jean-Yves Paillargue, un maestro fabricante. Le agradecemos Monsieur, porque hemos aprendido mucho de este maravilloso desafío.

Envolviéndome en una suave tela gris y luego en papel marrón nuevo, me colocaron en una caja de madera y la cerraron herméticamente con tornillos. Odio esta oscuridad, este confinamiento.

¿A DÓNDE ME DIRIJO?

Extraños recogieron la caja de madera y la cargaron con cuidado hasta un transporte de algún tipo. Antes de salir, escuché la voz del americano, M. Bob:

–Gracias por su gran esfuerzo Thierry ¿Quién hubiera pensado que tal cacharro podría quedar como nuevo?

–¿Cacharro? ¿Estaba hablando de mí?

Me transportaron por una corta distancia. La caja se abrió brevemente, el papel y la tela fueron retirados y caras con gorros azules me miraron. La caja se cerró de nuevo, los tornillos se apretaron. Alguien pegó algo en la caja.

Estaba ahora en algo que rodaba y traqueteaba. Otras cosas golpeaban contra mí ¿Más cajas con paraguas? ¿A dónde nos dirigíamos?

De pronto, sentí que rodaba cada vez más rápido. Hubo una gran fuerza, acompañada por un poderoso rugido. Entonces silencio, excepto por un rugido suave. Después de un largo período, sentí un bajón, una sacudida, un rodar y luego una parada abrupta. Descargado, fui llevado por una corta distancia en un transporte terrestre a una ubicación que no pude ver.

AMÉRICA

Por un largo tiempo, no hubo más que la oscuridad de la caja. Solo, permanecí ahí ¿Qué seguiría?

Alguien abrió la caja, me desenvolvió del papel marrón y de la suave tela. Me levantaron y colocaron sobre una mesa. Una delgada mujer con gafas, vestida una larga bata y guantes blancos, me cogió y caminó por un largo pasillo hasta un gran salón iluminado.

¿Qué lugar era este? Intenté descifrar un letrero en la pared: *Instituto Smithsonian* ¿Qué podría ser esto? ¿Un instituto? Había escuchado de lugares para gente loca cuando estaba en París y Londres ¿Había sido internado en un lugar como éstos en América? ¡Estoy bien! ¡De verdad estoy bien! Si tan sólo pudiera hablar. Podría explicarlo ¿Explicar qué?

En una plataforma de madera frente a mí, estaba de pie un maniquí masculino bien vestido ¿Por qué? ¡Se parecía a mi viejo amigo Pierre! Estaba vestido tal como lo recordaba.

¿Qué estaba sucediendo aquí?

Desplegándome y poniéndose de puntillas, ella alcanzó la mano levantada del maniquí y colocó mi mango en ella, sujetándome en el lugar. Se sintió bien. Sin embargo ¿Por qué?

¿Qué está pasando?

REGRESA EL AMOR

Estaba comenzando a acostumbrarme a estar en la mano del sujeto parecido a Pierre, cuando escuché un traqueteante y tambaleante carrito, con una rueda tratando de ir en un camino diferente a las otras tres, bajando por el pasillo, cargando con un maniquí femenino.

Sorprendente, lucía tal como el amor perdido de Pierre, ¡Clarisse, aquélla con el pequeño paraguas rojo! Además, llevaba el vestido verde y blanco dorado, con los zapatos rojos. No entiendo ¿Qué estaba haciendo esta gente?

Después de que un asistente masculino levantara e instalara el segundo maniquí en la plataforma al frente del maniquí masculino, la delgada mujer regresó al carrito y levantó otra caja de madera, similar a aquélla en la que yo había estado, pero más corta. Sacó un pequeño paquete envuelto en papel, lo rasgó para abrirlo y retiró la tela que lo cubría.

Era un paraguas, pequeño y rojo, con un flequillo de encaje rojo ¿Sería acaso?

Desplegándolo, sí, era el pequeño paraguas rojo ¡Mi amor perdido! Mis extensores zumbaban, mis varillas palpitaban. Incluso mi bastón parecía endurecerse.

Colocó al pequeño paraguas rojo en la mano levantada del encantador maniquí de Clarisse.

Pude sentirlo, sorprendido, mirándome. Pareció sonrojarse, como antes.

Estaba tan feliz, excepto por una cosa ¿Dónde estaba la lluvia que tanto amo? Además, tampoco había sol, sólo muchas luces brillantes en lo alto.

Luego, los maniquíes fueron colocados uno junto al otro, cada uno sosteniendo un paraguas. Podría decir que mi pequeño paraguas rojo estaba confundido, así que intenté poner mi apariencia más valiente, desplegado, erguido en la mano de Pierre. Esto pareció calmarla.

Había mucho martilleo y aserrado y movimiento de cosas alrededor. La gente se detenía con grandes rollos de papel en sus manos, señalando y discutiendo qué podría ser mejor.

Miré sobre sus hombros cuando se acercaban, para ver qué había en los papeles. Era una escena, una imagen. En ella, podía ver un brillante y soleado día con esponjosas nubes blancas. Estaba en una esquina de una calle de París en la Île de la Cité, en algún sitio cerca de la Place Dauphine. A una corta distancia estaba el antiguo Pont Neuf, con la rivière Seine fluyendo lentamente a través de sus arcos. A un lado se encontraba la Sainte-Chapelle con sus imponente vitrales ornamentados, y más adelante la Cathédrale Notre-Dame de París.

No estoy seguro de cómo lo hicieron, pero había días soleados y días lluviosos con truenos y relámpagos. Además, tenían el profundo sonido de las campanas de la iglesia y de la catedral.

No importa, me encontraba donde pertenecía. Cada día cuando se encienden las luces del museo, la veo. Siento su sonrisa.

Cuando las luces se apagan en la noche, parece darme un último vistazo amoroso. Descansamos hasta la mañana. En la tranquila oscuridad, espero. Pronto el sol volverá a salir, y estará ahí.

¡Oh, Pierre! Tenemos a nuestras amadas. Al menos yo tengo la mía. Hasta el final de mis extensores, espero que hayas encontrado la tuya.

John Charles Miller (floridamiller@verizon.net), groundwater geologist and writer of speculative fiction, bizarre short stories, and poetry, resides in Tampa, Florida with his wife Mary.

During forty years as a geologist, he focused on groundwater supplies and contamination assessments, monitoring, and cleanup

Fluent in Spanish, he served in the US Peace Corps in the Dominican Republic from 1962-64. He has eight years of professional hydrogeological experience in Latin America, also having worked in Argentina, Mexico, Panama, Peru, and Puerto Rico.

His stories have been award winners in annual contests of the Tampa Writers Alliance and the Florida Writers Association. His previous eleven books (listed in front of this book) are available in both eBook and paperback formats from Amazon.com (search John Charles Miller, in quotes) or directly as paperbacks from the author (**floridamiller@verizon.net**)

***

Geólogo de aguas subterráneas y escritor de ficción especulativa, cuentos extraños y poesía, reside en Tampa, Florida, con su esposa Mary.

Durante cuarenta años como geólogo, se concentró en el suministro de agua subterránea y evaluaciones de contaminación, monitoreo y limpieza.

Con fluidez en español, sirvió en el Cuerpo de Paz de los EE. UU. en la República Dominicana de 1962 a 1964. Tiene ocho años de experiencia hidrogeológica profesional en América Latina, habiendo trabajado también en Argentina, México, Panamá, el Perú y Puerto Rico.

Sus escrituras han sido premiadas en concursos anuales de la Tampa Writers Alliance y la Florida Writers Association.

Landy Carolina Orozco-Uribe (geophis@gmail.com) is a biologist and lover of reading. Birdwatcher naturalist, mountain biker and hiker. She resides in Morelia, Michoacán, México.

Her professional work has varied, from the study of amphibians, reptiles and birds, to, over eight years, conservation issues of ecosystems related to groundwater.

Currently, she is close to obtaining her PhD degree in Sustainability Sciences from the National Autonomous University of Mexico, working on the interaction of tropical dry forest in the formation of groundwater flows. She also works as an independent consultant for different organizations in Mexico for the recovery of aquifers through nature-based solutions.

***

Ella (geophis@gmail.com) es bióloga y amante de la lectura. Naturalista observadora de aves, ciclista de montaña y senderista. Reside en Morelia, Michoacán, México.

Su trabajo profesional ha variado, del estudio de anfibios reptiles y aves, a, desde hace ocho años, los temas de conservación de ecosistemas relacionados al agua subterránea.

Actualmente, está próxima a obtener su grado de doctorado en Ciencias de la Sostenibilidad por la Universidad Nacional Autónoma de México, trabajando en la interacción del bosque tropical caducifolio en la formación de flujos subterráneos de agua. También trabaja como consultora independiente para distintas organizaciones en México para la recuperación de acuíferos mediante soluciones basadas en la naturaleza.